Trai

Una novela de Rojo

PABLO POVEDA

Copyright © 2018 Pablo Poveda

Todos los derechos reservados.

ISBN: 9781980823896

A ti, que me lees y me permites seguir escribiendo

1

El tiempo es el mayor hijo de perra que nos recuerda cómo la vida se acaba lentamente. Fugaz, pasaba por delante de Rojo como las miradas de los transeúntes que se cruzaban a su paso por la calle Mayor.
La ciudad había cobrado vida de nuevo tras el verano y el fin de las fiestas locales en las que, desde unos años atrás, se celebraban las gestas de los cartagineses contra los romanos durante la segunda guerra púnica. Todavía hacía calor, aunque el fresco de la noche castigaba a los más atrevidos que salían mostrando los brazos.
Para él, el último año había sido un desastre, una auténtica crucifixión en todos los aspectos.
Allí, vestido de paisano y bajo los balcones del Casino de Cartagena, un vestigio arquitectónico del siglo anterior manchado de sangre de falangistas y republicanos, miraba a su alrededor como un depredador en busca de su presa.

En efecto, el tiempo se agotaba y, si no reaccionaba, pronto perdería a su fuente de información.

Por uno de los callejones perpendiculares de la estrecha vía peatonal, atisbó una perturbación rápida, casi inapreciable. Corrió tras ella, antes de que el sol se pusiera y el tablero se convirtiera en un lienzo de sombras. Atravesó la calle Medieras apartando a los viandantes con el brazo, echándolos contra los portones de madera y las tiendas de regalos. El corazón bombeaba a medida que respiraba con más intensidad. Los curiosos se giraban, la mayoría era indiferente. Una mayoría que bebía y reía en las terrazas de los bares, ajena a la realidad que existía sobre las baldosas. La crisis industrial había golpeado con tanta fuerza en la ciudad que sólo algunos levantaban la mirada para contemplar a los gendarmes persiguiendo delincuentes, toxicómanos, cabezas rapadas y vándalos antisistema.

La laberíntica carrera lo llevó hasta la calle Escorial, que estaba desierta y sin luz. A lo lejos, vio la puerta del local en el que Gutiérrez y él habían hecho guardias un año antes. No podía creer que ese desgraciado le hubiese dado esquinazo, no en un casco antiguo que conocía como la palma de su mano. Además de buen oficial, Rojo destacaba por correr como un lince ibérico.

Entonces, vislumbró el portal de un edificio.

La entrada era lo suficientemente amplia para que no se viera la puerta desde su posición. La intuición le dictó los pasos a seguir y, sigiloso, caminó ágil con las manos vacías. Antes de que doblara la esquina de la entrada, se agachó como un boxeador y, acto seguido, un brazo intentó golpearle sin éxito. Desde abajó, apretó el puño y le propinó un gancho en la mandíbula a su presa. El impacto fue tan fuerte que lo levantó unos centímetros para devolverlo al suelo. Se escuchó un crujido acompañado de un grito de dolor. Algo se había roto en el interior de aquel rostro. El individuo era un joven harapiento de pelo oscuro y tez tostada, víctima del sol y la falta de alimento. Vestía con camisa y vaqueros, prendas que no habrían llamado la atención si no hubiese sido por la suciedad que acumulaban, lo flaco que estaba y la profundidad de sus pómulos. Pese a ello, no parecía echarse atrás ante la imponente presencia del oficial.

Antes de que se levantara, Rojo le propinó un puntapié con la bota en el estómago para bloquearlo sin que perdiera el habla.

Aprovechando la situación de calma momentánea, el oficial sacó un Marlboro arrugado de su bolsillo trasero, una caja de cerillas y prendió el filtro.

El tabaco se había marchado de su vida por Elsa, para ocupar, de nuevo, su vacío cuando ella ya no habitaba en ella.

Tembloroso, el chico introdujo la mano en el bolsillo y sacó una navaja para atacar al oficial.

Rojo lanzó el fósforo al suelo y no dudó en aplastarle los dedos con la suela de su bota.

Sonó otro crujido.

El oficial sintió la fuerza de la mano contra su suela.

—La siguiente patada te la daré en los cojones —dijo el inspector dando una calada a su cigarro bajo el ruido de los lamentos.

No sabía por qué lo hacía, pues, a causa de Gutiérrez seguía detestando el humo. En el fondo, era una forma de regresar a él, al Rojo que había sido durante años antes de conocer a esa mujer, como si fuera tan sencillo como retomar un vicio olvidado—. ¿Me vas a decir por qué corrías o prefieres contármelo en la comisaría?

—¡Yo no he hecho nada! —Contestó entre movimientos espasmódicos—. ¡Soy un inocente!

Sus brazos eran el resultado de un ejercicio fastidioso de acupuntura. Punciones, sangre reseca, piel rasgada y cortes inflamados sobre la piel. Años duros para una oscura situación que no veía un hilo de luz. Una década que se estaba echando a perder. Con el Código Penal renovado, las penas por tráfico de drogas habían aumentado hasta nueve años. Pero eso a Rojo le daba igual. Desde su punto de vista, aquel chico no era más que el resultado de una mala educación, carencias afectivas y la ignorancia de una generación a la que le importaba más bien poco lo que ocurriese a su alrededor.

En aquel caso concreto, el delincuente era el hijo de un funcionario de prisiones de la cárcel de San Antón. Rojo llevaba días tras su pista.

Después de haber participado en el robo de varios supermercados a punta de navaja, le habían relacionado con uno de los muleros que hacía negocio con los viajes al marginal barrio de Lo Campano.

—A tu padre no le hará ninguna gracia —dijo el policía mirándolo desde lo alto—. Con un poco de suerte, no tendrá que verte el careto todos los días…

—¡Mi padre es un facha! —Exclamó intentando sacar sus dedos de la trampa—. ¡Me estás haciendo daño! ¡Joder!

Rojo dio una calada y le clavó la mirada como si fuera un martillo. Se fijó en él. Llevaba ropa de marca, de la buena. Un fascista, repitió en silencio el policía.

Estaba seguro de que su madre seguía preparándole el desayuno cada mañana, entre lágrimas, velando por que un día la pesadilla hubiese terminado. Padres que se preguntarían a diario qué habían hecho mal para merecer una desgracia así.

En ocasiones, somos incapaces de ver más allá de las fronteras de nuestros prejuicios, llevando a lo personal aquello que resulta inevitable. Rojo había visto suficientes casos como ese para darse cuenta de que la culpa no era de los padres, ni del sistema, ni de las propias personas.

Como todo, la vida presentaba oportunidades, aunque un ligero traspiés era más que suficiente para que el infortunio y una carrera prometedora cruzaran sus caminos.

Volvió a mirar al chico y aflojó la presión que ejercía con el pie. De haber sido él su padre, le habría aplastado el cráneo contra el mármol de la entrada, pero ese no era su trabajo ni le pagaban por ello. Le costaba entender que el ser humano fuese tan egoísta de traicionarse a sí mismo.

—Espero que el mono te deje dormir esta noche... —contestó el policía—, porque no te vas a poner en unas cuantas horas.

No había transcurrido ni un año desde el turbio caso que había puesto a Pomares contra las cuerdas. La decisión de aprovecharse de la situación y tomar ventaja les había dado, tanto a Rojo como a Gutiérrez, la libertad para dirigir a su compañero, que ahora se comportaba como un cachorrillo castrado, y librarse del revuelo burocrático en el que se habían visto inmersos durante los últimos meses. El auge de las fiestas locales había disparado el interés turístico del resto de la región y parte del país. Con el fin de sacar el ánimo de los ciudadanos de la miseria y tapar el agujero que habían dejado los despidos masivos de las fábricas, el Gobierno local buscaba la manera de convertir las fiestas en Interés Turístico Internacional, un galardón que requeriría más de diez años.

Rojo sabía que el joven detenido no tardaría en salir de allí. Entregó el detenido a sus compañeros y caminó hasta la oficina cruzando el pasillo que separaba la entrada del resto de despachos. Allí encontró a Pomares sacando pecho mientras leía un informe.

Desde hacía algún tiempo, se comportaba de una forma extravagante, propia de él, de su yo anterior. Tramaba algo. Rojo estaba seguro de que buscaba la forma de ponerles la zancadilla.

—¿Alguna novedad? —Preguntó Rojo al cerrar la puerta.

Dio un vistazo rápido y descubrió cómo Pomares ignoraba su presencia sin levantar la vista. Después apuntó hacia su escritorio.

Algunas cartas, una nota y un montón de papeles. El escritorio de Gutiérrez estaba intacto y no había ceniza ni colillas sobre éste.

Extraño, pensó. Puede que a Gutiérrez se le atragantaran las mañanas, pero la tarde había caído sin dejarse caer por allí.

—No —dijo Pomares pasando las hojas. Después lo miró

a los ojos—. ¿Ha habido suerte? He oído que no venías solo.

—No sé de qué me hablas... —respondió Rojo con sarcasmo—. ¿Dónde está Gutiérrez?

Pomares frunció el ceño. Le costaba aceptar el rol que había tomado por descarte. Él no era la secretaria de nadie, pero no le quedaba otra opción.

—No venía hoy. Dijo que te lo comentara...

—¿Y por qué no lo has hecho?

—Joder, eso estoy haciendo.

—Vete al infierno, Pomares —dijo el oficial y caminó hacia su mesa. El pelirrojo apretaba la mandíbula. Había sido una provocación por su parte. Deseaba forzar la oportunidad de enfrentarse a su compañero y romperle los dientes a puñetazos, pero Rojo conocía sus intenciones y no estaba dispuesto a caer.

Echó a un lado el montón de papeles y contempló el sobre que había sobre la mesa.

Era una carta a su nombre, sin remitente y escrita a mano.

Parecía la letra de una mujer, o eso prefirió interpretar su mente.

Pensó en ella, en Elsa, y se acordó de esa novela de García Márquez sobre un coronel que había visto en una tienda.

Tenía gracia, pensó.

Por un momento, temió ver el contenido de esa nota.

Todavía recordaba el olor de su cabello. Esa mujer se había convertido en su vida, la razón para ir cada mañana al trabajo sin pensar en la cantidad de problemas que cargaba encima. Después, sin explicaciones, lo había dejado sin respiración, sin apetito y sin ganas de seguir en esa maldita y gris ciudad. En ocasiones, entre sueños, bajo el calor de las sábanas y la humedad del verano, había creído tocarla de nuevo pero, en cuestión de segundos, la sensación se esfumaba convirtiéndose en un aire viscoso propio de las altas temperaturas de agosto.

Menudo imbécil, se decía a menudo.

Elsa lo había sido todo para él durante meses, hasta que el

romance llegó a su fin. Después ella desapareció de la vida del oficial, sin dejar rastro, aunque sí una gran huella en sus entrañas.

Maldita sea, dónde estarás, se preguntaba a menudo.

—¿La vas a leer o qué? —Preguntó Pomares pendiente de la tarea del oficial.

Él levantó los ojos y miró al oficial.

El silencio bastó como respuesta.

Rojo abandonó la oficina de un portazo.

Cruzó el paseo Alfonso XIII al volante de su sedán francés, la luz de las farolas y una noche que se volvía fría, notando la brisa fresca que entraba por la ventanilla y acariciaba su piel. Una mano en la palanca de cambios y otra al volante. Por la radio emitían el informativo de la tarde. Nada nuevo, pensó, nada interesante para sus oídos. En el fondo, ya se podía caer el mundo que él sólo pensaba en el contenido de esa carta que no se había atrevido a abrir. El sobre, junto a las gafas de sol, ocupaba el asiento del copiloto, un lugar de tapicería gris blanda en el que todavía quedaban pelos rubios de Elsa.

Se detuvo en un semáforo, minutos antes de llegar al cruce que lo llevaba a casa y vio una papelería a lo lejos. Por la puerta salía una pareja. Se fijó en la chica. En un primer vistazo, no le dio demasiada importancia. Más tarde, la figura comenzó a resultar familiar.

—¿Elsa? —Preguntó en un murmullo al vacío del interior del vehículo.

El locutor de radio continuó con las noticias.

El salpicadero de neones seguía en marcha.

Nadie le dio una respuesta.

Un conductor le pitó desde atrás al ver que no avanzaba. Levantó el embrague con suavidad y dejó que el vehículo se arrastrara lentamente mientras observaba a la pareja.

Pensó en dar la vuelta y seguirlos, pero la pareja caminaba en dirección contraria y la idea le pareció un disparate. Por tanto, giró a la derecha y llegó a su calle. Las luces del Dower's seguían encendidas. El cartel retroiluminado alumbraba la esquina mugrienta en la que una señora esperaba mientras su perrito orinaba.

Tuvo suerte esa noche, aparcó a la primera. Caminó hasta la puerta del bar y encontró un escenario desolador.

—¿Te echo una mano? —Preguntó el oficial. Félix buscaba la forma de conectar el barril de cerveza al grifo—

. Espero que, al menos, te queden botellines bien fríos.
—Hombre, Rojo… —contestó el dueño del bar, con su peinado perfecto y fijado con brillantina y la camisa blanca de diario, bolsillo en el pecho y las mangas a la altura de los codos—. Esto lo arreglo yo en un pispás.
Se escuchó un ruido tosco y la espuma comenzó a salir por el grifo.
—Mejor ponme un cubalibre, anda…
—Vaya, sí que empiezas fuerte la semana… —contestó el camarero acercándose al estante de las botellas. Agarró una de ron, puso un vaso de tubo alargado sobre la barra metálica, echó dos hielos y roció el licor. Después abrió una botella de cola y completó el combinado—. ¿Todavía pensando en esa mujer, oficial?
Rojo levantó la mirada desdeñoso, como un perro que ignora a su amo.
—Me da que estoy perdiendo la chaveta…
Félix se echó un paño al hombro y se acercó al inspector.
—Pasa página ya, hombre —sugirió con los brazos en jarra—. Hay un montón de mujeres ahí fuera, sólo tienes que conocer a una. Eso es todo.
—La cuestión aquí es que no quiero conocer a ninguna, Félix.
—Quieres olvidarte de ella.
—Tampoco. Ni yo sé qué cojones quiero —dijo y dio un sorbo a la copa.
El primer trago siempre entraba con fuerza, como el primer disparo en frío. La pólvora y el alcohol tenían mucho en común.
Sentir el ron en su garganta, el dulzor del refresco seguido del golpe del alcohol, fue como recibir un puñetazo en la boca del estómago vacío, una mala noticia, un chispazo en el cuerpo.
El bar estaba tranquilo, un hombre apoyaba su mano en el costado de la máquina tragaperras y por la televisión echaban los deportes.
Tras la primera copa, vino una segunda, acompañada de

unos encurtidos.
—¿Otra más? —Preguntó el camarero. Si tomaba la tercera, dormiría entre algodones, aunque el martes sería de todo menos fácil.
Sacó un cigarrillo y lo miró sujetándolo con el índice y el pulgar mientras Félix esperaba una respuesta con la botella en la mano.
Una más y se levantaría con resaca.
Era inútil borrar los recuerdos de la forma más vieja que todo el mundo conocía. Rojo sabía que jamás volvería a ser el de antes, por mucho que lo intentara—. ¿Rojo?
—¿Por qué nos pasamos la vida poniendo parches a nuestros errores? En lugar de aceptar las cosas tal y como vienen...
El camarero sonrió y dejó la botella en su sitio.
—No tengo respuesta a tu pregunta, compañero —contestó acercándose de nuevo—. Pero, si la tuviera, no existirían los bares como este.

Los pedazos de papel ocupaban el suelo de la habitación.
La pesadez de las copas y el estómago vacío le habían acalorado.
Abrió los ojos, tenía la frente empapada y un regusto pastoso producto del exceso de azúcar. Miró alrededor y observó el sobre blanco y arrugado a sus pies. Empezó a recordar: no había sido ella, ni por asomo.
Sonó el teléfono del salón.
Se preguntó quién diablos llamaría a esas horas. Los números digitales del despertador marcaban las cinco y media de la madrugada.
Elsa, pensó.
Armado de valor, se arrastró por el pasillo hasta el salón del apartamento al ritmo del timbre del teléfono.
Descolgó.
—¿Sí? —Preguntó con la voz sorda.
Escuchó un ruido de fondo, como si la otra persona le

hablara desde la intemperie.

—¿Te he despertado? —Preguntó sin interés la voz de Gutiérrez—. Siento aguarte el sueño.

Las esperanzas se vinieron abajo.

—¿Qué es tan importante?

—Ponte en marcha —respondió con malestar—. Alguien ha adelantado su San Martín. Tenemos dos cadáveres en Los Barreros.

2

Dos coches patrulla y una ambulancia bloqueaban el paso a una vivienda del barrio de Los Barreros. Aquella era una zona residencial humilde, de viviendas unifamiliares construidas durante el franquismo.
Tras una ducha helada, un café y una aspirina, Rojo puso rumbo a la escena del crimen, para acudir a la llamada de su compañero.
Que Gutiérrez estuviera allí, no era una buena noticia.
Que le hubiera llamado, tampoco.
Dos agentes vestidos de uniforme arrastraban a un joven con aspecto similar al que había atrapado el día anterior. Los dos policías lo metían en el interior de un Citroën ZX azul y blanco.
Otro caso más de familias rotas.
Todavía era de noche. El cielo estaba oscuro debido a una nube densa que ocupaba parte de él.
Detuvo el vehículo y frenó en seco cuando sintió el borde de la acera contra su rueda izquierda delantera. Echó el freno de mano y abrió la puerta.
Se oyó una salpicadura.
—Me cago en todo… —dijo al pisar un barrizal formado bajo su coche.
Iba a ser un día muy largo.

Se acercó al precinto que unos agentes habían colocado para que los vecinos no se acercaran al lugar. Tras identificarse, no tardó en reconocer la voz de Gutiérrez y la presencia de Pomares a lo lejos, enfundado en esa gabardina inglesa que no hacía más que esconder los pecados que albergaba en su interior.

La casa era una planta baja que hacía esquina, con dos ventanas que daban a la calle y un portón doble de madera. Rojo no tardó en darse cuenta de que casi todas las casas guardaban similitudes, pero no le extrañó. Los Barreros era un barrio con aspecto de pueblo, un núcleo urbano que había quedado a las afueras de la ciudad, aunque absorbido por el crecimiento industrial de la ciudad portuaria.

Llegó hasta la puerta, encaró a la pareja de inspectores y vio un charco de sangre en el suelo.

El estómago le dio un vuelco por culpa del ron de la noche anterior.

La puerta principal daba paso a una pequeña entrada con un espejo y una mesilla. Arquitectura de molde, decoración sin gusto y muebles rococó. Una combinación tan empalagosa como el hedor que procedía de la cocina. resultado de una comida fuerte en especias o la falta de higiene en el hogar.

El olor de las casas era algo que marcaba a todos los que las visitaban.

Para Rojo, el olor podía significar muchas cosas, y no siempre eran agradables. En la mayoría de casos, las personas no eligen el aroma de sus paredes, aunque ponen su grano de arena inconscientemente.

Se preguntó cuál sería el suyo, y si resultaría tan desagradable como aquel.

Después se fijó en los restos de sangre que había en el suelo. El rastro procedía del salón interior que conectaba con la cocina. A los dos laterales del pasillo, se encontraban los dormitorios. Todo apuntaba a que el ladrón se había colado por una de las ventanas para proceder al hurto. Una vez sorprendido, no le habría quedado otra opción que la de forcejear con los dueños de la casa, terminando el robo en un crimen.

Menudo cabrón, pensó, porque él también lo hacía, juzgaba como cualquiera, aunque su profesión no le permitiera opinar.

—¿Qué ha sucedido realmente? —Preguntó.

Gutiérrez llevaba un cigarrillo pegado al labio inferior del bigote.

—Robo y doble asesinato con arma blanca —explicó el compañero—. Al parecer iban detrás de dinero y joyas, como toda esa gentuza…

—¿Iban?

—Bueno, iba, como bien dicen…

—¿Quiénes eran las víctimas?

—Un matrimonio —explicó Pomares observando la escena del crimen—. Vecinos tranquilos, normales. Él, profesor de instituto a cinco años de jubilarse. Ella, ama de casa… Bonita forma de terminar el verano.

—Todos los días es algo —añadió Pomares—. Me pregunto si nos darán paga extra este año.

—¿Qué dicen los vecinos?

—Eso no nos importa… —contestó Gutiérrez—. Alguien se molestó en llamar a la centralita y pudimos dar con el presunto autor de esto… Vámonos, dejemos a los de criminología, necesito un maldito carajillo… antes de pegarle un tiro a alguien.

Gutiérrez se apartó y salió de la zona precintada. Después se encendió otro cigarro y caminó hacia el BX de Rojo.

Rojo miró a Pomares.

—Su hija… —contestó el oficial antes de que Rojo le preguntara qué había sido eso—. Ha venido a quedarse unos días.

La famosa hija de Gutiérrez, dijo el oficial. Jamás pensó que algo así le pondría tan tenso. Pero, como él, el rechoncho policía tampoco sabía gestionar sus emociones frente al sexo opuesto, aunque fuese parte de su familia.

—Nos vemos en la comisaría —contestó Rojo y caminó

tras Gutiérrez para alcanzarlo con el brazo.
—¿Nos vamos o no?
—Así que era eso…
—¿El qué? —Miró ofendido como si no supera de qué iba el asunto.
—¿Tanto te molesta contarme que tu hija ha venido a verte? No me fastidies, hombre…
Gutiérrez se rio.
—Entre otras cosas… —dijo, dio una calada y tiró la colilla contra el charco que había bajo sus pies. El cigarro se apagó ahogado en el agua sucia. Después señaló a Pomares—. Ese cabrón sabe algo.
—¿Pomares? —Preguntó. Era obvio que siempre sabía de más. Llevaba un tiempo así y le reconfortó saber que no era el único que se había dado cuenta de ello—. Algo que tú no sabes, quieres decir.
—¡Vete al carajo, Rojo! —Gruñó y dio media vuelta—. No estoy para bromas hasta que no salga el sol…
Rojo introdujo la llave en el coche y las puertas se desbloquearon.
—¿Cómo has llegado hasta aquí?
—Me ha traído ella.
Y entonces entendió por qué su compañero estaba de tan mal humor.

Olía a café, a bollos recién hechos, a pan tostado y ruido de vajilla. Un bar de azulejos blancos, barra metálica y, tras ésta, dos camareros de mediana edad con barba de algunos días. Varias mesas de mármol blanco y sillas de madera. El salón modernizado de una novela de vaqueros. Servilletas y colillas apagadas en el suelo.

Los oficiales no tardaron en darse cuenta de que allí no eran bien recibidos por las miradas de algunos clientes, pero no les importó. Eran la ley, estaban más que acostumbrados a ese tipo de recibimientos. Mala suerte. La parada era obligatoria.

Para Rojo, ser policía era como tatuarse el alma. Tal vez no siempre fuera visible a los ojos, pero las personas estaban hechas por algo más que cinco sentidos.

En la televisión ponían el informativo de la mañana. La crisis gubernamental seguía su curso y José María Aznar, el candidato de la oposición a la presidencia del país, clamaba consignas de prosperidad si era elegido.

Los dos oficiales escuchaban atentos.

—Me pregunto si siempre ha sido así —dijo Rojo y dio un sorbo al café solo que tenía frente a él.

—¿El qué?

—Si la política ha sido siempre un invento, o si fue algo útil en el pasado.

—Sí que te afecta a ti madrugar... —dijo Gutiérrez—. Lo único que sé es que ni estos, ni los otros, cambiarán nada. Somos nosotros quienes tendremos que limpiar las calles, los que nos jugaremos la vida... y no ellos. Y no esperes una palmadita en el hombro al final del día. Este no es el trabajo. Sabíamos a lo que veníamos. Ya te lo digo yo, no hace falta que venga un don nadie a decirme cómo termina esta historia.

Rojo terminó su café y leyó, en una pizarra y escrita a mano, la carta de entrantes que ofrecían en el bar.

—¿Qué has querido decir esta mañana con lo de Pomares?
—Que sabe algo —respondió—. Cuando me he presentado, ya estaba allí, sin recibir el aviso. Que ese mamón madrugue un día, ya es sospechoso. Sobre todo, porque eran las cinco y media de la mañana.
—Siempre hay excepciones. Supongo que busca el reconocimiento externo…
—No, no es eso...
—Hoy estás espeso, Gutiérrez, o soy yo que no te sigo...
El compañero miró alrededor como si fuera a confesar algo. El camarero, al otro lado y a un metro de distancia, miraba la pantalla.
—A esos dos los han rajado con algo más que una navaja manchega, amigo —explicó el inspector moviendo el bigote. Su rostro redondo se movía a medida que salían las palabras de su boca—. Yo he visto los cuerpos. Las puñaladas no encajan con el arma homicida.
—Que está...
—Dios sabe… —dijo el policía tajante—. El cuchillo encontrado no coincide con el corte, vamos, estoy seguro de ello.
Gutiérrez hablaba con tal seguridad que Rojo reflexionó sobre su explicación. Pero, ¿qué sentido tenía? Se preguntó Rojo al mirar a su compañero. No era el primer caso de homicidio producto de un robo. La delincuencia había aumentado en los últimos años por varias razones: paro, desidia y falta de información.
No obstante, que Gutiérrez estuviera tan convencido de que algo olía a podrido en ese asunto, disparó las alarmas del oficial.
Podía seguir la historia, dejar a su compañero cavilar por caminos inescrutables o meterse de lleno en ella, pero no estaba seguro si quería hacerlo. Tenía demasiado alquitrán flotando por su cabeza como para pringarse un poco más. Les podía salir caro el embrollo.
—¿Cómo está tu hija? —preguntó llevando la conversación a otro lado—. No sabía que tuvieras un

régimen de visitas.
Gutiérrez levantó una ceja.
—Soy su padre, le pese o no.
—No pareces muy contento. Quizá tengas un problema para expresar tus sentimientos —dijo Rojo con sorna. El comentario encendió al oficial.
—El problema lo tienes tú, que sigues con esa mirada de caniche hambriento —contestó y levantó la mano para que se acercara el camarero. Después pidió dos chupitos de whisky—. Lo mío es otra cosa.
—Ya... —dijo Rojo—. Ahora dirás eso de que, como no soy padre, no lo entenderé. Así que ahórratelo.
—Que no, coño —rectificó—. Es que parece que sólo me quiera para lo mismo.
—Para pedirte dinero.
—Eso se lo ha enseñado su madre —dijo—. Lo peor de todo es que ni los hombres somos tan duros ni ellas tan malas.
—¿Cómo se llama? Nunca me has dicho su nombre.
—¿Mi ex mujer?
—No, joder. Tu hija.
Gutiérrez metió la mano en el interior de su chaqueta de cuero marrón y sacó la billetera de piel negra. Después la abrió y mostró una foto de tamaño carné con el rostro de una chica. Rojo observó la imagen. Era hermosa, con un gesto dulce, el pelo largo y oscuro y una tez morena. Sin duda, se parecía a la madre en todo menos en los ojos verdes, que tenían el mismo color que los del policía.
—Felisa, se llama Felisa —contestó bajando el tono de voz. No pronunciaba su nombre a menudo y Rojo se dio cuenta de ello—. Es un cielo de chica, pero está en una edad complicada, ya me entiendes. Tercer año de universidad en Alicante y una madre que se olvida de que hay mucho cerdo suelto por ahí.
—¿Tiene novio?
—No, que yo sepa.
—¿No va a ser policía como su padre?

—¿Bromeas? ¡Y un cuerno! —negó nervioso—. Si Dios quiere, será abogada. Eso si no me cuesta un riñón el maldito capricho...

—Para proteger a un padre, nada mejor que una hija.

—¿A mí? ¿De qué? —cuestionó ofendido. Ni el café le había disuelto la rabia—. No digas idioteces.

El camarero sirvió los dos tantos y se los bebieron de un trago.

Rojo sintió la fuerza de un lanzallamas quemando las paredes de su garganta.

—Volviendo al robo... —Dijo limpiándose los labios—. ¿Le han tomado declaración al sospechoso?

—No... bueno sí —contestó Gutiérrez confundido—. El idiota se ha declarado culpable en cuanto lo han detenido. ¿Te lo crees?

—Tanto como que tu hija no tenga novio.

3

Las noticias no tardaron en llegar a la oficina. Desde arriba, el comisario enviaba una circular para que se resolviera el caso rápido y con la mayor discreción posible. Era lo lógico para todos. Estaban teniendo un año nefasto.
Por su parte, el alcalde pretendía ganarse el beneplácito de los ciudadanos en una situación caótica y sin esperanza.
Las fiestas locales no levantaban cabeza dejando altercados y peleas cada vez que llegaban a su fin. Si a todo aquello le sumaban la falta de efectivos y un grave escenario generado por la incertidumbre laboral y la llegada de nuevas drogas por el puerto, pronto rodarían cabezas.
Mientras tanto, en la comisaría, los agentes llevaban sin recibir subidas salariales a pesar de lo turbia y perdida que parecía la lucha antiterrorista estatal. Dichosos aquellos que se libraran de un traslado al norte del país aunque, en realidad, tanto Rojo como sus compañeros, todos sabían que nadie estaba a salvo de ser una víctima más.
Al apearse del vehículo, la pareja de inspectores se topó con un puñado de reporteros en la puerta del edificio. Los tenían fichados, siempre eran los mismos.
Se escabulleron entre la multitud haciendo caso omiso a las preguntas y cruzaron el pasillo.
—¿Qué hacen esos pelmazos ahí? —preguntó Gutiérrez

de muy mala gana—. Son como malditos piojos... Una vez les respondes, se te agarran a la piel y...

El oficial hizo un gesto con la mano como si fuera un insecto pegado a su piel.

—Van a procesar al detenido —dijo Pomares con desinterés y menosprecio—. Noticias del mandamás. Está el patio que arde.

—¿Lo ves? —dijo Rojo con burla—. Caso resuelto, Gutiérrez. La justicia actúa. Ahora tendrás más tiempo para ti… y para tu hija.

—A la mierda los dos —replicó Gutiérrez y se quitó la chaqueta—. Van a meter a quien no deben y vamos a permitirlo.

—¿Tú le has visto la cara a ese desgraciado? —preguntó Pomares desafiante—. ¿Qué más da? La semana que viene tendremos a otro en los calabozos.

Gutiérrez se acercó al policía y le echó el aliento amargo del tabaco.

—¿Te has visto la tuya, gilipollas? —preguntó con voz sórdida a escasos centímetros de su rostro. Aunque Pomares fuera superior en altura, Gutiérrez no parecía intimidado—. No me hagas hablar de quién debería estar en el trullo.

—Dejadlo estar, que parecéis de párvulos —interrumpió Rojo evitando una discusión. El lenguaje corporal de Pomares era el de un tigre a punto de saltar aunque, a decir verdad, poco tenía que hacer ante la fuerza de Gutiérrez. Su compañero parecería tosco y lento debido al sobrepeso, pero ya lo había visto moverse en otra ocasión y no pensaba dos veces antes de soltar un puñetazo. Lo último que necesitaban era una escena delante de los compañeros para avivar más el fuego—. ¿Dónde está el chico?

Ambos se giraron hacia él.

—¿Por qué insistes en buscarte problemas? —preguntó Pomares—. Ya has oído lo que debemos hacer.

Rojo fue hasta la puerta y, antes de salir, movió el rostro para dirigirse a su compañero.

—En esta vida hay dos tipos de personas —respondió apuntando con el índice—. Los que hablan como tú y quienes actúan como yo.

Una cama de ladrillo, un orinal y dos agujeros que daban al exterior y dejaban entrar algunos rayos de luz. En ningún caso, una habitación de lujo para quienes pasaban la noche entre rejas, hasta que alguien se encargara de ellos.
Miguel Ruiz Escobar, conocido en la calle como "El Mechas" por la facilidad para correr y desaparecer. Imberbe, veintiocho años, pelo oscuro y lacio, largo hasta los hombros y poseedor de una peligrosa mirada punzante, fruto de la incomodidad, de la picardía aprendida en la calle, del descuido y las ganas de estar tramando algo en todo momento. Flaco como una raspa de sardina y desgraciado como el labio partido y mal cicatrizado que le impedía hablar con claridad. Natural del barrio de La Concepción, del otro lado de la rambla, no había terminado la secundaria y no se le conocía oficio alguno.
Un expediente limpio de atrocidades pero lleno de antecedentes delictivos. Aquel muchacho había empezado su carrera desde bien joven. Quizá el aburrimiento, la escasez de pan en casa o el puro vicio fueron algunas de las razones que lo llevaron a convertirse en un ladrón nato. Lo más curioso de aquello era que, en ninguno de los casos, había utilizado la violencia ni había herido a nadie. Era un pillo, un colgado que se había aficionado al hurto, motivado por las ganas de correr, de vivir y, cómo no, de celebrarlo metiéndose un pico.
Había tenido suerte de que no hubiese nadie más en la celda.
Apestaba a humedad y orín, a pesar de que los servicios de limpieza se encargaran de desinfectar los suelos.
El trasiego de detenidos y la falta de espacio, en ocasiones, provocaba que más de uno hiciera sus necesidades en cualquier rincón de la celda. Un fuerte olor que se pegaba a

los azulejos como las micciones felinas en un aparcamiento abandonado.

Rojo bajó las escaleras y cruzó la mirada con uno de los agentes que hacían guardia en la entrada del piso subterráneo. Un gesto que no le habría llamado la atención si no fuera porque el comisario había dictado la orden de mantenerse alejado del sujeto. Debía ser cauto y discreto. Preguntar lo justo y no forzarle a nada. Tampoco se olvidaría de pagar por el silencio de aquel obstáculo.

El inspector se detuvo frente a la celda en la que Ruiz esperaba tumbado sobre el cemento a que todo terminara. De repente, en silencio, sintió la presencia del policía, pero no hizo más que fingir desinterés, como si no estuviera allí.

—Vas a tener que acostumbrarte a estos barrotes —dijo el oficial para llamar la atención del detenido—. En la cárcel no te van a dejar correr tanto como en la calle. ¿Por qué lo hiciste?

El chico permaneció tumbado mirando al techo.

Las palabras del policía se convertían en silencio al otro lado de la celda.

—Al menos dime dónde escondiste el puñal —insistió—, a ver si te crees que nos chupamos el dedo...

El Mechas se movió inquieto. Las palabras de Rojo despertaron algo en él.

Se escuchó un carraspeo procedente del pasillo. El vigilante le advertía de que él también estaba ahí, escuchando a sus espaldas.

—Quiero un abogado —contesto finalmente el detenido con un acento tosco y forzado. Su timbre de voz sonó como una trompeta atascada. Al policía no le extrañó que se ganara la reputación robando desde joven. Hacer lo que otros no eran capaces con tal de evitar la burla y el desprecio, ése era el precio a pagar—. No pienso hablar si no es con mi abogado.

—¿Tienes uno?

—Tengo el derecho de tenerlo.

Se forjó un tenso silencio.

Rojo detestaba a los que se aprendían la lección.

—Tú mismo, listillo... Pero he de decirte que has tenido mala suerte, chaval —respondió el inspector—. Se están acelerando las cosas para que no veas el sol en una larga temporada. Todavía estás a tiempo de comerte el marrón tú solito.

—¡Agente! ¡Quiero hablar con un abogado!

Se escuchó un segundo carraspeo.

Esa última llamada fue suficiente para Rojo. Tenía lo que buscaba: una reacción, una disonancia en todo aquel embrollo.

Una lástima, pensó, puesto que no estaba dispuesto a ayudarle. Tal vez unos años de reclusión le ayudaran a alejarse de ese mundo infame al que se enfrentaban. Tal vez allí dentro cambiara a quien nunca fue.

—Suerte con lo tuyo —respondió y el detenido comenzó a patear los barrotes como un perro furioso en una jaula de metal.

Con paso sosegado y seguro, Rojo cruzó el pasillo hasta dar de nuevo con el vigilante. Antes de subir al piso, volvió a cruzar su mirada con él—. La próxima vez, hazte un favor y vete a tomar por el culo.

4

Había vuelto a tener pesadillas, a dormir poco y mal, a acostarse a deshoras y levantarse con el aliento como si hubiera arrastrado la lengua sobre el cenicero de un burdel. Esta vez, no sólo Elsa era la causa de sus preocupaciones.
Últimamente, se sentía atascado en el trabajo, y eso era lo que más le dolía. No era Pomares, ni el caso de aquel chico lo que le desconcertaba. Rojo no era una persona que estaba hecha para vivir y morir sin cuestionarse el por qué de sus acciones. Tampoco era un renegado ante el sistema y, probablemente, ese conflicto interno era lo que le llevaba a sentirse hastiado de correr detrás de sabandijas y delincuentes de mala muerte. Un ascenso, un cambio de rumbo, un caso serio por lo que enorgullecerse, él, y después al resto. Eso era todo lo que quería, la ansiada palmada en el hombro de la que le había hablado Gutiérrez.
La jornada anterior había acabado sin sobresaltos. Antes de terminar hundiendo los morros en otra barra de bar, decidió retirarse pronto, poner en orden su apartamento, realizar algunas compras en el supermercado e intentar cocinar algo saludable para terminar dándose cuenta de que era un inútil en la cocina. Finalmente, terminó la velada entre cartones de comida china y ese programa de

Paco Lobatón en el que se hablaba de personas desaparecidas.
De nuevo, salió su nombre, Elsa.
Aunque ya no viviera en esa casa, su halo seguía allí cada noche.

Al despertar la mañana siguiente, algo más recuperado que los días anteriores, sintió una nueva oportunidad para encabezar la semana y no tomar en serio lo que había sucedido.
Salió de casa perfumado, enfundado en esa chaqueta de cuero que olía a noches sin tregua, a pesar de que el fresco de la mañana no fuese tan molesto, y decidió desayunar como Dios mandaba.
No eran las ocho y media de la mañana y el bar Dower's rebosaba de actividad gracias a una clientela fija y agradecida que hacía su parada previa al trabajo. Las jornadas laborales se llevaban mejor con la panceta frita que preparaba Félix.
El ruido de la tragaperras, la moneda de cinco duros que rascaba la chapa de la máquina de tabaco. El bar era un lugar con sinfonía propia, un entorno que no precisaba de presentaciones y en el que todo el mundo tenía su espacio, al menos, la primera vez.
—Hombre, Rojo —dijo Félix sonriente con la camisa blanca que llevaba siempre—. Hoy tienes mejor cara. ¿Qué te trae por aquí?
El policía se apoyó en la superficie de metal y se fijó en un hombre arrugado, vestido de chaleco y camisa de cuadros, que leía la prensa junto a un café al otro lado de la barra.
—El estómago, ya lo sabes —respondió con el humor que le caracterizaba—. ¿Y ése?
La sonrisa titubeó y el oficial entendió que aquel espontáneo estaba allí por una razón.
—Pensé que conocías a ese hombre... —murmuró haciendo un gesto con la cabeza—. Lleva aquí desde las

siete. Se ha pedido ya tres cafés.

—¿Debería? —contestó—. ¿Qué quiere de mí?

—Dice que su hijo está metido en un serio problema, por error, ya sabes... Tal vez puedas echarle una mano.

Rojo suspiró. Alguien había corrido la voz y eso le irritaba.

—Quién sabe… —contestó y levantó la ceja. Félix y su maldita misericordia, pensó—. Llévame el desayuno allí, mejor.

El inspector hizo ademán de acercarse y eso despertó la atención del desconocido. Tenía una mirada honesta, limpia. Por su aspecto, no parecía peligroso, tampoco en busca de problemas ni con la intención de engañar a nadie. Había visto ese perfil antes. Era la imagen del desamparo, la desolación y la angustia por resolver lo inevitable.

Conforme avanzó unos metros, el tipo se limpió las manos mostrándose nervioso, como si la presencia del policía le infundiera ese respeto que poco a poco se había perdido con los años.

—Buenos días —dijo Rojo dando un vistazo al bar para asegurarse de que nadie ponía el oído en la conversación que no debía—. Me han dicho que ha preguntado por mí. ¿Es eso cierto?

—Buenos días, inspector... —respondió titubeante limpiándose el sudor de la mano en el pantalón vaquero. Después, se la ofreció al oficial y éste la estrechó. Tenía la palma húmeda, como una trucha recién sacada, aunque la presión de la sacudida fue firme. Rojo percibió que ese hombre estaba nervioso, aunque no tenía miedo por lo que hacía. Probablemente, le pediría un favor sin demasiada esperanza—. Soy Ramiro Ruiz, el padre de Miqui...

—¿Miqui? —preguntó en voz alta confundido. Era demasiado pronto para jugar a las adivinanzas—. No sé de quién me está hablando...

—Miguel, también le llaman El Mechas... —aclaró avergonzado y echó la mirada hacia abajo. Se forjó un silencio tenso y deprimente durante varios segundos, hasta que Félix puso dos rebanadas de pan tostado con aceite y

jamón serrano, dos cafés solos y un vaso de agua mineral.
—Gracias, Félix —dijo el inspector guiñándole un ojo.
Ramiro esperó a que el dueño del bar se retirara para regresar al ruido de fondo que daba vida al decorado—. Le va a pegar un infarto si sigue tomando café.
—Trabajé durante veintisiete años en las fábricas de Escombreras —contestó el hombre con nostalgia agitando la bolsita de azúcar—. He tenido mañanas peores.
El inspector no dudó de sus palabras.
Su rostro era el producto de un sinfín de días de trabajo físico, a desgana, con un sólo propósito: llevar dinero a casa, sacar adelante a una familia y prosperar. Pero, como todo en la vida, aquello también se acabó y nadie le dio las gracias por ello.
—¿Por qué viene a defender a su hijo?
El hombre rio y dio un respingo.
—No tiene hijos, ¿verdad?
Empezaba a hablar como Gutiérrez.
—Algún día, supongo. Hasta entonces... no.
—Miqui es un buen chico, ¿sabe? —dijo volviendo a la pregunta anterior—. Le falta personalidad, eso es todo. Se deja llevar por el primero que le vende la moto...
—Su hijo está acusado de allanamiento de morada y doble homicidio —dijo el policía—. Tendrá que cambiar la residencia si no se busca un buen abogado.
—Él no lo ha hecho, de eso estoy seguro. Miqui es inocente.
Rojo miró a los ojos del hombre. Hablaba desde su corazón.
—¿Cómo está tan seguro?
El hombre asintió con la cabeza.
—Sé lo que me va a decir —interrumpió cargando la culpa, antes de que Rojo se lo echara en cara—. Tiene problemas con las drogas, lo sé, todos lo sabemos en casa, pero eso no le convierte en un asesino... ¿Acaso cree que no conozco a mi hijo? Él no mató a esas dos personas, tiene un buen corazón y jamás ha hecho ni haría algo así.

Debe creerme, inspector.

Y, aunque le costó unos segundos, lo hizo, quizá porque él tampoco había terminado de creerse lo visto en la escena del crimen. Que ese hombre conociera a su hijo, era otro cantar. Para él, un padre siempre era una autoridad, incluso cuando se convertía en innecesaria, y a las autoridades se les temía, pero jamás se les confesaba toda la verdad, o se contaba a medias, como probablemente estaría haciendo ese hombre frente a él.

Lo más complicado de aquello sería darle la razón a Gutiérrez.

Otro sobre sobre la mesa. Esa vez de color amarillo.
Una carta informal del comisario le rogaba que se mantuviera lejos del caso. Era la primera vez que recibía un aviso de tal calibre, a mano, sin intermediarios, sin paños calientes. Guardó la nota en su chaqueta sin mentar palabra y se sentó frente al escritorio. Gutiérrez rellenaba un formulario de la Seguridad Social con un bolígrafo. Parecía concentrado, o eso transmitía frunciendo el ceño, tensando el cepillo que había sobre su labio y murmurando como si leyera en voz alta. Las cuencas de sus ojos parecían salir como ostras vivas.
Rojo no quería interrumpir su ejercicio, pero pronto llegaría Pomares y tendría que guardárselo.
—Tenías razón —dijo el oficial en la distancia desde su asiento. Gutiérrez. De pronto, rebajó el murmullo, gruñó con suavidad y suspiró. Guardó silencio, dejó el formulario junto a la máquina de escribir y dirigió la vista a su compañero—, sobre el chico, quiero decir.
Las palabras de Rojo dibujaron una pequeña sonrisa en el rostro de Gutiérrez. Se cruzó de brazos y relajó su cuerpo hacia atrás.
—¡Ja! —exclamó—. Lo sabía, sabía que dirías eso.
—¿Por qué lo sabías?
—Yo siempre tengo razón —dijo y asintió con el morro. Rojo se había ganado toda su atención. De nuevo, Gutiérrez volvía a sentirse motivado para trabajar—. Y bien, ¿qué has descubierto, Sherlock?
Si algo le gustaba a Rojo de Gutiérrez era que no se hacía de rogar.
Cortar y tirar, era su máxima.
A diferencia de otras personas, no invertía su tiempo en recordarle lo equivocado que había estado al no confiar en él. Le importaba un comino y eso agilizaba el trabajo.
—El padre del chico ha venido a verme esta mañana —

explicó el inspector—. Está convencido de que su hijo es inocente.

Gutiérrez se frotó el mentón con su gran mano.

—Te escucho.

—No me ha dicho más, pero le he creído, al menos, sus palabras eran sinceras —prosiguió Rojo—. Ayer bajé a los calabozos a hablar con el chico. Pareció incomodarle cuando le pregunté por el arma homicida. Yo tampoco me creo que machacara a ese matrimonio con un cuchillo de cocina.

Gutiérrez esbozó una sonrisa maléfica, la misma que usaba cuando pasaba de la intriga a la excitación por llevar una investigación.

—Te sorprendería lo que algunos hijos de perra son capaces de hacer, pero no es el caso... —dijo y sacó un cigarrillo de un paquete arrugado del bolsillo de su camisa. Después lo encendió y dio una calada—. Estoy contigo, algo no encaja, lo supe en cuanto vi el cuadro. Por eso me puse por mi cuenta.

—¿Qué tienes?

—Por suerte, un buen amigo, que además es forense —contestó confiado—. No lleva el asunto, pero no le será difícil conseguirme una copia del informe.

—¿A cambio de qué?

—Secreto profesional —contestó ofendido—. Anda, no me jodas, Rojo...

—Tú verás —dijo el oficial Rojo dejando que corriera el aire—. ¿Crees que es cosa de algún intocable? Podría ser un ajuste de cuentas.

—¿Política, aquí? —preguntó desconcertado y sostuvo el cigarro entre sus dedos—. Lo dudo, pero tampoco lo descarto. Todavía no sabemos mucho sobre las víctimas. Es obvio que al alcalde no le interesan más escándalos... Todo por el voto.

—Deberíamos regresar al lugar de los hechos y pegar un vistazo.

De pronto, se escuchó un ligero traspiés. Una presencia

humana al otro lado de la puerta.

Un sudor frío recorrió las espaldas de los policías. Pocas precauciones. Podían meterse en un buen lío.

Alguien había escuchado la conversación o parte de ella.

Con torpeza, el pomo se giró y Pomares mostró su cara.

—¿Cuánto llevas ahí? —preguntó Gutiérrez tensando el rostro.

—Acabo de llegar.

—¡Los cojones! —bramó el oficial.

—Calma, maldita sea... —intervino Rojo con el fin de evitar otro enfrentamiento.

—Te espero fuera.

Luego, Gutiérrez murmuró algo ininteligible y se esfumó.

Rojo caminó hasta la puerta y extendió el brazo contra la madera para detenerle el paso a Pomares.

—Tenemos unas reglas y las conoces —dijo—. No cometas el error de olvidarlas.

—Ya te he dicho que acabo de llegar —dijo con media sonrisa—. ¿Qué temes, Rojo?

—No quieras quemarte, Pomares.

Jimi Hendrix aporreaba las cuerdas de su guitarra en el interior del vehículo. La pareja de inspectores se dirigía a la escena del crimen para dar un vistazo, interrogar a quien hiciera falta y sacar algo en claro de todo aquello. Antes del viaje habían acordado que, si no encontraban nada, dejarían a un lado el asunto. Era la última bala que les quedaba en la recámara antes de que Pomares cantara y los de arriba les dieran un portazo en las narices.

Salieron de la comisaría y tomaron la alameda de San Antón en dirección a Los Barreros. Calles y más calles, suciedad, paredes pintadas con aerosol, pósters despegados por la lluvia, basura, excrementos de pájaro sobre los coches, personas paseando a perros, ropas de colores planos, grises y crema, y hojas secas que caían lentamente con la llegada del otoño.

El mediodía se acercaba, por lo que las calles estarían tranquilas hasta la hora de comer. Eran tiempos en los que el horario español seguía partido, en los que se descansaban varias horas para llenar el estómago y dormir la siesta, porque aquello era sagrado y no importaba la Europa que funcionaba más allá de la frontera pirenaica. Días en los que las jornadas eran infinitas y, aún así, daba tiempo para matar las últimas horas en el bar de la esquina, porque siempre había uno, un lugar en el que desahogarse, celebrar las victorias del equipo local; un templo en el que volcar los odios, los traumas y las preocupaciones; un monasterio en el que confesarse o huir, aunque fuese por un periodo limitado de tiempo.

—¿Te pasa algo? —preguntó Rojo al encontrar a Gutiérrez más silencioso de lo habitual mirando por la ventanilla.

—Ese imbécil... un día le voy a calentar el morro.

—Sólo busca provocarnos, una excusa para que nos abran un expediente —contestó Rojo—. Sabe que lo tenemos por las pelotas.

—Pensé que sería más fácil de llevar.

—Yo no. Pomares es un desgraciado, pero no un idiota.

—De sólo pensarlo... se me pone una mala hostia que no veas —reprendió Gutiérrez—. Esos jóvenes. ¡Qué cojones, Rojo! ¿Por qué diablos no lo entregamos y nos olvidamos de él?

—Controla tu temperamento, te ahorrará problemas —respondió girando el volante y prestando atención al frente para cambiar de calle—. Te olvidas de algunos detalles que nos incumben a nosotros... Por cierto, ¿qué tal con tu hija?

Se hizo un ligero silencio.

No fue tenso, sino tranquilizador. Gutiérrez parecía abandonar su fuero interno para regresar a la realidad.

Esos detalles.

Nunca habían vuelto a hablar de las razones que les unían con Pomares.

—Prefiero no hablar de ella —dijo—, si no te importa, vamos.

—Como quieras.

La inexistente frontera entre la ciudad y el barrio era visible.

Detuvieron el coche a escasos metros de la vivienda que había sido asaltada. Todavía quedaban rastros de sangre en la entrada y precinto policial. La calle tenía la aparente normalidad de un día laboral en el que nunca pasa nada, pero era un espejismo bien armado y ambos apestaban a policía desde lejos.

Tan pronto como se apearon, sintieron las miradas escondidas tras los visillos de las ventanas.

—A veces pienso que, si le pegara un puñetazo a las persianas de las casas, se escucharía el lamento de los curiosos —comentó Gutiérrez levantándose el cuello de piel de borrego de su chaqueta negra—. Tengo la sensación de que no nos hará falta sacar ni la placa...

—Veamos qué encontramos.

5

La pareja de inspectores dieron una vuelta sin éxito por la manzana con el fin de encontrar un testimonio que les aclarara o hubiese visto algo de lo ocurrido. Nadie respondía a las llamadas, nadie estaba dispuesto a hablar con una pareja de policías que decían estar de paso. En realidad, poco podían hacer sin una orden ni una justificación válida. Aquellos abiertos a colaborar, no habían escuchado nada durante el asalto. Todos parecían haber caído en las redes de Morfeo al mismo tiempo.

Bendita casualidad, pensó Rojo.

O se habían puesto de acuerdo, o el miedo había hecho mella.

Sin embargo, ninguno de los dos estaba dispuesto a agitar el panorama. Cuanto menos lío armaran, mejor para todos. Dado que a los vecinos que podían haber contemplado algo se los había tragado la tierra, decidieron probar suerte en la cafetería más cercana, el bar Rafael, un lugar escueto, humilde, de cristalera con letras pegadas y un cartel con el famoso logotipo de refresco de cola. Los azulejos blancos cubrían las paredes del local. Un almanaque con la foto de un torero indicaba el mes en el que se encontraban y un escudo del Real Madrid de escayola formaba parte de la decoración. El dueño era un tipo mayor, a punto de jubilarse, con la piel tostada y el cabello sucio y canoso peinado hacia atrás. Apoyado al otro lado de la barra de aluminio, miraba con curiosidad a la pareja de agentes. Junto a él, dos mecánicos vestidos de mono azul y manchas de grasa almorzaban en un bar desolador y silencioso, en el que no había ni televisión, tan sólo una radiocasete por el que sonaban los informativos. Detalle que llamó la atención de Rojo.

—Buenos días —dijo Gutiérrez con desinterés, como el profesor de escuela que entra a esa clase que tanto odia.

—*Buenoh díah, señoreh...* —dijo el propietario con un fuerte acento marcado. Desafiante y curioso, guardó silencio divisando los movimientos de los agentes.

A través de los ojos verdes de ese hombre, Rojo pudo escuchar sus pensamientos, los prejuicios que una sociedad analfabeta y temerosa había cargado contra ellos. Pese a todo, le importaba un carajo la opinión que tuviera. Tanto a él como a su compañero. Era un policía, no un hermano de la caridad y, por ende, su trabajo era el de solucionar los rotos, no lamentarse porque hubieran sucedido.

—Serán dos cafés —dijo ignorando la mirada de los otros tipos.

—Un solo y un carajillo —corrigió Gutiérrez apoyándose sobre el taburete y poniendo el brazo encima de la barra. Se oyó un chascarrillo.

Nadie tomaba carajillos en esa ciudad.

Miró la vitrina y señaló a una de las bandejas de comida—. Y un pincho de tortilla de patatas, de ésta que tienes aquí...

—Sí, señor... —contestó con burla imitando la dicción del oficial. Los hombres del mono azul se rieron.

Gutiérrez acalló la broma con un vistazo intimidatorio.

—Hay que joderse...

El empleado sirvió los cafés y sacó una botella de coñac de un estante. Desenroscó el tapón y miró fijamente a los dos hombres. No tenía miedo, ni de ellos, ni de las preguntas que estaban dispuestos a formular.

—¿Algo más, señores?

—Pues ahora que lo dices, sí —se adelantó Gutiérrez y sacó su cartera para enseñar la identificación de policía—. Mejor nos ahorramos las presentaciones.

—Los maderos no las necesitan —dijo uno de los mecánicos por la espalda. Se escuchó una segunda risa de fondo.

Rojo los miró.

—Se equivocan de lugar, este es un bar de barrio, de clientela tranquila, trabajadora... —Dijo el propietario.

—¿Qué sabes del crimen de la pasada noche? —preguntó Rojo—. La casa está a unos metros de aquí.

El hombre se encogió de hombros.

—Yo no sé nada, agente.

—¿No conocía al matrimonio?

—Claro, hombre. Buena gente... Él era un poco rarito, pero eso es *tó*...

—¿Te suena el nombre de El Mechas?

Volvió a encoger los hombros. Estaba tranquilo, haciendo su papel, aunque era difícil saber cuándo mentía. Rojo se fijó en sus manos. Llevaba algo tatuado entre el pulgar y el índice. Parecía una marca de prisiones.

—No he *escuchao* ese nombre en mi vida, oficial.

—Entiendo —dijo el policía y miró a su compañero—. ¿Por qué estuviste en la cárcel?

La pregunta atormentó el temple que guardaba. El hombre titubeó.

—Eso fue hace tiempo. En tiempos de Franco —aclaró más nervioso—. Por cualquier cosa te metían en la trena.

—Y ahora también —dijo uno de los espontáneos.

—Y ahora también —repitió Gutiérrez, miró al propietario y regresó a su compañero, señalando a la tortilla—. No sé, Rojo... Tal vez debamos enviar a alguien a que haga una inspección para que todo esté en regla, empezando por los de sanidad.

—Un momento, señores... —dijo el hombre mostrando las palmas de las manos—, tampoco hay por qué ponerse así. Les estoy diciendo la verdad.

—Anda, si el loro canta... —contestó Gutiérrez—. Y digo yo, que algo sabrás. Los camareros lo sabéis todo, quién entra, quién sale... Siempre mirando en silencio, desde la barra.

—Como en los toros —dijo un mecánico.

—Cierra el pico —respondió Gutiérrez sin darse la vuelta.

El hombre levantó la vista hacia los mecánicos y estos se levantaron de sus asientos. En un primer momento, Rojo puso un pie en el suelo para asegurarse estar protegido en caso de pelea, pero fue una falsa alarma.

Los dos tipos dijeron adiós y salieron del bar.

—Ya les he dicho la verdad, ¿qué más quieren? —comenzó a irritarse cuando el bar se había quedado vacío—. No sé nada del chaval ese, es uno más del barrio, otro de tantos...

—Venga, cuéntanos un poco más —dijo Rojo.

—¡Eh! —exclamó Gutiérrez agarrando el cuello de la botella de coñac—. Deja esto aquí, anda... y dinos todo lo que sabes del chico.

—No me aprieten, que no hay donde sacar, agentes, que soy un pobre hombre…

—Ya estamos con el poeta... —respondió Gutiérrez y pegó una palmada contra la barra metálica—. ¡Que nos cuentes lo que sabes! ¡Coño!

—¡Qué no sé nada, joder! —gritó acorralado levantando las manos—. ¡Que el zagal está *metío* en trapicheos! ¡Que va por ahí con mala gente y ha *terminao* como ha *terminao*! ¡Ya está to dicho! ¡Es *tó* lo que sé, hostia puta!

—Le van a caer más años que a ti en la cárcel.

—No me tire de la lengua...

Rojo puso la mano sobre su compañero. No quería demostrar debilidad, pero Gutiérrez iba encaminado a perder el rumbo.

—No nos vas a decir quién se cargó a ese matrimonio, ¿verdad, mamonazo?

—Me cago en *tó*, yo ya no sé cómo explicarme...

Gutierrez agarró la copa de cristal y la lanzó contra la pared.

Se escuchó un estallido de cristales.

—Dinos dónde escondió el chaval el arma.

—De *verdá*, que no sé *na*...

Los dos mecánicos, que habían salido a la calle a fumarse un cigarrillo, se asomaron por la puerta.

—¿Todo bien, Rafael?

—Vosotros a currar —dijo Gutiérrez—, y que corra el aire.

Rojo miró al propietario y a los otros dos tipos.

Eran más corpulentos de lo que había pensado en un primer repaso.

De pie, imponían con su presencia. Unos minutos más allí y su compañero se convertiría en una bomba de relojería. Desconocía que las visitas le sentaran tan mal y había llegado el momento de esfumarse.

Otra vez sería, o tal vez no, pero qué más daba eso, lo hubiera hecho o no, había alguien más. Quizá sería una buena idea empezar por las víctimas, sacar algo en claro. Detrás de cada nombre siempre había una historia que contar.

—Déjalo estar, Conan —dijo Rojo frenando la discusión y levantándose del taburete—. Anda, dinos cuánto es.

—Calla, calla... —respondió el hombre moviendo las manos como si barriera hacia fuera—. Invita la casa.

—A mandar —dijo Gutiérrez y salieron del bar pasando por delante de los dos hombres de mono azul que no hicieron ademán de apartarse de la senda.

Cuando regresaron al interior del coche, Gutiérrez se dio cuenta de que se había quedado sin tabaco. Estaba molesto por algo, pero Rojo se negó a ofrecerle.

Había tenido suficiente humo en el antro aquel.

—¿Por qué diablos has hecho eso? Ahora no podremos volver —preguntó el inspector rechoncho—. Estaba a punto de contárnoslo todo...

Rojo introdujo la llave en el contacto y arranco el coche.

—Precisamente por eso —dijo e introdujo la primera marcha. El vehículo se movió—. Para evitar una absoluta pérdida de tiempo.

6

Aquello que buscaban no se encontraba en el barrio, ni en ese bar. Nadie iba a meter el hocico donde no le llamaban para salvar el pellejo de un delincuente con final predecible.

No fueron necesarias más preguntas para que el chisme se corriera por las calles de la barriada y el resto de los vecinos, que no habían presenciado a la pareja, echara el cerrojo de las puertas, simulando no existir.

Gutiérrez y Rojo discutieron en el coche por lo sucedido, llegando a la conclusión de que, tal vez, tuvieran razón desde arriba, que ese asunto se les quedaba demasiado grande. Lo habían intentado y Rojo había hecho lo que había asegurado a ese hombre: no prometerle nada. Era un varón de palabra, ante todo, algo que su padre se había encargado, durante la adolescencia, de meterle entre ceja y ceja. Algo que ese hombre no había logrado con su primogénito.

Gutiérrez también lo era, aunque su palabra fuese más tosca y brava que la de su compañero.

Rojo condujo hasta la plaza de España y detuvo el vehículo frente a una ferretería.

—Pásalo bien con tu hija —dijo el oficial cuando el

compañero se disponía a abandonar el coche—. No seas muy duro con ella.

Gutiérrez se acercó a la ventanilla absorto en sus pensamientos.

—¿De verdad que quieres hacer esto? —preguntó. Rojo no supo a qué se refería—. Abandonar, digo.

—No lo sé, Gutiérrez. ¿Por qué no lo hablamos mañana? He tenido suficiente por hoy.

El inspector respiró profundamente y apoyó los brazos en la puerta desde el exterior. Se sentía impotente, solitario.

Su mano derecha le daba la espalda.

—Hay alguien por ahí suelto por haberse cargado a dos personas y parece que no te importe.

—Quizá sea a ti al que le preocupe demasiado —contestó Rojo con las manos al volante. El motor encendido rugía—. ¿Me he perdido algo?

Gutiérrez bajó la guardia y dio una ligera palmada en el marco de la puerta.

—Mi hija —dijo el inspector—. Pienso que podría haber sido ella la víctima y me dan ganas de partirle la cara a alguien. Este mundo está lleno de salvajes, Rojo.

Y, tal vez, como Rojo no tenía hijos, no era capaz de empatizar con los sentimientos de su compañero, o eso quiso justificarse a sí mismo.

Una imagen de Elsa le vino a la cabeza.

Las palabras del compañero le rebotaron por las paredes del cráneo.

—Y de hijos de puta, Gutiérrez, no lo olvides —contestó y zanjó la conversación—. Pégate una ducha, tómate un descanso y llévala a cenar a un buen sitio, no seas miserable.

—Nos ha jodido... Habla el burgués que siempre termina en el mismo bar. Piérdete, anda...

Con una sonrisa, Rojo puso en movimiento el coche y tomó el paseo Alfonso XIII para atravesarlo y alcanzar a un gigantesco hipermercado Continente que daba la bienvenida a los viajeros que llegaban a la ciudad, tras dejar por su paso la nube tóxica de las fábricas de las afueras.

Tomó el desvío y subió una rampa de asfalto para tomar el aparcamiento subterráneo. Rojo siempre diferenciaba entre dos tipos de personas: las que buscaban dejar el coche y las que querían hacerlo en el sitio perfecto. Él era de las primeras, porque caminar unos metros siempre era mejor que dar vueltas como un idiota. Sin embargo, no soportaba a quienes buscaban, insaciables, la plaza más cercana a la entrada, a cubierto, y con el espacio suficiente para sacar el trasero sin dar al vehículo de al lado.

—Jodido marrano... —dijo pensando en su compañero cuando aparcó junto a una furgoneta blanca. En el asiento del copiloto había un paquete vacío y arrugado de tabaco. Lo cogió para echarlo más tarde a la basura y percibió que había anochecido sin que se hubiera dado cuenta. Era una de las cosas que tenía la llegada del otoño, además de las hojas secas y ese olor a savia y tierra mojada.

El otoño era la transición de todo lo bueno, hacia el letargo. Una muerte anunciada, lenta y dolorosa, como la que ese desconocido matrimonio habría tenido tras ser acuchillados sin piedad hasta morir desangrados, pensó. Lo más llamativo de los hechos era que nadie parecía estar sorprendido por un acto tan macabro, ni siquiera los medios de comunicación, los cuales también habrían sido silenciados por el poder de la alcaldía y la seducción del cantar de las pesetas.

Odiaba los supermercados. Lo hacía con todas sus fuerzas. Quizá porque era incapaz de adaptarse al flujo del consumo, porque se sentía perdido, desorientado entre tanta variedad para elegir. Quizá porque perdía horas entre estantes para terminar comprando lo mismo de siempre.

Para muchos clientes, pasear por allí formaba parte de sus planes vespertinos: coger un carro, ir con la familia, llenar el maletero del coche y sentirse satisfechos por haberse llevado la mejor oferta. Una suerte haber pasado por allí. Rojo, incapaz de fijarse en esas cosas, buscaba con ansia lo que previamente había memorizado al revisar su nevera. Como en su vida, la lista de la compra era un reflejo del desorden que habitaba en él.

Hizo la ronda rápida y decidió que volvería en otro momento, cuando hubiese menos gente, cuando estuviera preparado para enfrentarse, de nuevo, a la realidad de ser un treintañero sin pareja.

En un pasillo, entre neveras llenas de salchichas envasadas y jamones colgados, Rojo sintió el halo de un perfume familiar y éste le provocó una sonrisa. Olía como ella, Elsa, y se dijo a sí mismo que jamás olvidaría aquella sensación. Entonces, el perfume se acercó a él y el inspector se dio la vuelta.

No podía ser cierto, pensó.

Era ella, a escasos metros de él, a unos cuántos productos de distancia.

La mujer no había notado la presencia del inspector, ya que le daba la espalda mientras intentaba alcanzar un paquete de jamón cocido en lo más alto de la cámara que tenía delante.

Por un momento, vaciló de que fuese una alucinación de su mente. A esas alturas, todo podía ser cierto, pero no era así. Era real.

Elsa llevaba el pelo recogido en una cola y un abrigo

negro de tres cuartos que Rojo jamás había visto. Vaqueros, botas negras y un jersey gris de cuello vuelto que le cubría hasta la nuez y en el que se le marcaban los pechos.

Los nervios le podían. Sintió el frío sudor en las palmas de las manos.

—No me jodas ahora, Vicente —se dijo en un murmullo inapreciable.

Si no daba el primer paso, la posibilidad de que Elsa diera la vuelta era tan probable como que no lo hiciera. Se cuestionó si ella también le habría echado de menos, si habría pensado en él tanto como él había hecho en ella. Rojo no creía en la suerte, ni en las segundas oportunidades, pero no le cabía duda de que aquella era una de esas señales que suceden con poca frecuencia, como las lluvias de estrellas o los premios de lotería.

Aún tieso como un bacalao en salazón, movió una pierna unos centímetros y después la otra. Escasos metros que parecían una larga travesía. Recortó distancias. Ya no le quedaba ninguna duda de que era Elsa y el corazón le latía a mil por hora. Ella seguía peleando por hacerse con un paquete de lonchas que no lograba alcanzar. Rojo aprovechó la situación, extendió el brazo y cogió el producto. Elsa movió lentamente la mirada al notar la presencia desconocida. Algo estalló entre los dos cuando sus miradas se cruzaron.

—Aquí tienes —dijo Rojo con voz seca y espesa. Le temblaban las manos y le costaba gesticular. Entre sus dedos sujetaba el paquete de jamón cocido.

El rostro de la mujer se iluminó como el destello de una cámara de fotos. A pesar de los tacones de sus zapatos, seguía siendo unos centímetros más baja que el policía.

—¿Vicente? —preguntó desconcertada—. ¿Qué haces aquí?

No era la reacción que él esperaba.

—Comprar, como todo el mundo. Yo también me

alegro de verte, Elsa.

Ella pestañeó, miró al suelo y movió las manos como si aquello no estuviera sucediendo. Él no entendía por qué reaccionaba de esa forma.

—Perdona, es que se me hace raro verte así, aquí.

—Y a mí. Estás igual de hermosa que siempre —dijo ignorando su respuesta. Un elogio ayudaba a romper el hielo, aunque no trajera nada a cambio. Rojo no sabía demasiado sobre mujeres, aunque tampoco le hacía falta para entender que a todo el mundo le gustaba escuchar buenas palabras sobre su aspecto físico. Elsa se sonrojó y sonrió con timidez. Rojo avanzó unos centímetros—. ¿Por qué nunca me llamaste?

Y tan pronto como la magia nacía, también llegó a su fin. El inspector lo arruinó todo en cuestión de segundos. En ocasiones como aquella, lo mejor era mantenerse callado, seguir el ritmo de la música y dejarse llevar con el baile.

—Pensé que no querrías saber de mí —contestó ella—. Parecía lo mejor para los dos.

—Pero no lo fue —contestó.

Ella le alcanzó el rostro con la mano para acariciarle. Rojo, siempre atento, miró de reojo su brazo. Al estirarlo, el jersey se le había subido, dejando a la vista un gran hematoma—. ¿Qué te ha pasado?

Cuando formuló la pregunta, ella retiró el brazo avergonzada. Elsa necesitaba ayuda.

—Nada.

—¿Estás con alguien? Puedes contármelo.

—Ya te he dicho que no es nada.

Un segundo hombre apareció en el pasillo de los embutidos. Iba vestido con una chaqueta de cuero negro, el cabello largo y engominado hacia atrás y un pendiente de aro en el lóbulo derecho. Parecía un proxeneta. Rojo escaneó su presencia y calculó las posibilidades de un cuerpo a cuerpo. Altura similar, pecho ancho y bíceps trabajados. Un gruñido no lo ahuyentaría. Era algo innato en él, propio de una masculinidad primitiva y sin perfilar que había cultivado durante años. El hombre se acercó con paso lento y calculado y enroscó a Elsa con el brazo por la cintura.

—Te estaba buscando —dijo él con acento de la provincia. Miró altivo al inspector y sonrió moviendo la parte derecha del rostro—. ¿Todo bien, Elsa?

—Manolo, este es...

—Rojo —dijo el inspector antes de que concluyera su expareja. Ninguno de los dos se ofreció a estrechar la mano. La tensión era palpable en aquel triángulo.

—Interesante —contestó frotándose el mentón—. ¿Qué clase de nombre es ese?

—Ninguno —contestó—. Es mi apellido.

—Rojo y yo somos... —dijo Elsa.

—Amigos. Eso es lo que somos —prosiguió el policía tomando las riendas de la conversación—. ¿Y tú eres?

Él volvió a sonreír.

—Su novio —contestó con soberbia, miró a la chica y le propinó un beso en los morros sin que ella se lo esperara. La escena fue desagradable para el policía, pero aguantó impasible sin mostrar un ápice de rencor—. A todo esto, ¿me va a contar alguien de qué os conocéis?

—Mejor cuéntaselo tú —dijo el oficial y dejó caer el paquete de jamón en lonchas en el interior de la cesta de Elsa—. Yo me voy ya.

Por última vez, las miradas de los tres se cruzaron como la bola de acero que rebota en las paredes de una máquina recreativa.

Rojo dio media vuelta y se despidió en silencio caminando en dirección opuesta, hacia las cajas registradoras. Un nudo de entrañas se estrechó en el interior del policía.

No podía hacer nada, no allí. Estaba casi seguro de que ese desgraciado era quien zurraba a Elsa.

Su mirada de auxilio así se lo advirtió.

Elsa le habría hecho daño, pero nadie tocaba un pelo a

esa mujer.

Y menos, un chulo de discoteca.

Se prometió que, ese cabrón, pagaría por lo que había hecho.

7

La mañana sería dura, pensó al salir de la ducha. Encabronado y con el morro caliente, antes de abandonar el supermercado se hizo con una botella de Four Roses.

Qué haría sin él, las noches como aquella.

Por suerte, había logrado evitar la resaca al caer dormido bajo los efectos del brebaje sobre el sofá del salón. Cansancio acumulado, dos copas y una pizza congelada fueron suficientes para tumbar al policía.

El sol había salido para brillar de nuevo, aunque fuese por unas horas. La ciudad respiraba de nuevo, un día más, sin demasiado afán por comerse el mundo, sin mucho interés por terminar la jornada. En el coche sonaba la radio y en el informativo narraban la noticia del asesinato producido en la casa del matrimonio Henares.

—Por fin alguien les pone nombre —dijo en voz alta en el interior del vehículo.

Algún majadero había colado fotografías del suceso en los periódicos y la noticia no había tardado en estallar. El dinero era el idioma internacional capaz de intimidy y seducir a cualquiera, hasta al personal forense. Cuarenta años de cárcel y un día para Miguel Ruiz, conocido como

El Mechas, por doble asesinato y robo con arma blanca. El bombazo del día, una jornada entretenida, pensó el policía e imaginó la cara de sus compañeros. La oficina ardería en llamas cuando llegara.

Apagó la radio sin interés por escuchar más detalles de lo sucedido y reflexionó sobre lo poco que podía hacer por ese chico y por su padre. Repartir justicia no siempre era fácil, pero alguien tenía que hacerlo.

Se bajó del coche y caminó hacia la entrada de la comisaría cuando las miradas de sus compañeros se clavaron sobre él como agujas.

Miró al fondo del pasillo y encontró la puerta de su oficina abierta.

El agente de la entrada, que días antes supervisaba el calabozo, se dirigió hacia él.

—El Comisario Del Cano requiere tu presencia —dijo el novato con aires de superioridad.

Rojo soltó un bufido.

—¿Ahora eres su recadero?

—Gutiérrez está en su despacho.

—De puta madre… —dijo y siguió caminando hacia las escaleras que lo llevaban a la segunda planta.

Tras subir los peldaños con desgana y un poco de fatiga, llegó a la puerta del Comisario Jefe, Ambrosio Del Cano. Rojo no había tratado mucho con él, todavía menos después de lo que había ocurrido tras la desaparición de la chica. Pomares funcionaba como recadero y, aunque era una forma de mantener el orden anterior, siempre supo que sería un riesgo demasiado alto.

Respiró hondo y tocó la puerta con los nudillos. Después abrió.

Una mesa de madera de roble, una bandera de España tras la silla, un ordenador Compaq 386 y una ventana con parasol de aluminio. Raya a la izquierda, pelo canoso, corto por los laterales y peinado hacia atrás con púas, Del Cano era el Comisario Jefe más decente que Rojo había visto en años, al menos, por su apariencia. Un tipo limpio, serio, parco en palabras y sensible, o así se mostraba. Con verle, cualquiera pensaba que era el padre de familia ideal: autoritario, pero no demasiado. Empático, aunque severo. Una farsa que Rojo no se creía, al menos, para alguien que había vivido el posfranquismo. Por eso evitaba cualquier tipo de contacto con Del Cano. Sabía que, en su interior, como en el de muchos de los hombres que trabajaban allí, existía un auténtico cabronazo con ganas de saña.

—Pase, Rojo —dijo el Comisario Jefe haciendo un ademán con la mano. Frente a él, sentado en una silla y tieso como un espárrago, Gutiérrez esperaba con las manos juntas. No parecía intimidado por su presencia, al contrario que Rojo.

A diferencia de él, Gutiérrez tenía madera suficiente para aguantar cualquier tipo de tormenta—. Siéntese.

—Me han comunicado que ha solicitado mi presencia.

—Iré al grano, ahora que estáis los dos —dijo echando por tierra la formalidad y poniendo un ejemplar del diario La Verdad sobre la mesa. Una foto de la vivienda que habían visitado días antes, un titular demoledor y una sentencia que jubilaría al acusado en prisión—. Algún lumbreras se ha ido de la lengua contando lo que no debía, pero no están aquí por eso. Imagino que se encuentran al tanto de esto.

Los dos inspectores asintieron.

—Entonces, imagino que no tendrán inconveniente en retirarse de un caso cerrado que no se les había adjudicado.

La voz sórdida y tranquila les advertía.

—Señor, sólo barajamos todas las hipótesis —explicó Rojo—. Existe la posibilidad de que...

—Tengo la sensación de que no me ha entendido bien —interrumpió y volvió a mostrar la portada del diario—. Lea la noticia, creo que lo dice bien claro. Fin del asunto, caso cerrado.

El Comisario Jefe no se mostraba dispuesto a seguir con la discusión. Entre líneas les indicaba a la pareja de inspectores que regresaran a sus cosas y se olvidaran de aquello pero, al parecer, Rojo era incapaz de ver, en los ojos ajenos, las intenciones del superior.

—¿Y si no es él? —preguntó atrevido—. ¿Ha contemplado qué ocurriría si hubiese otra víctima?

Gutiérrez lo miró con desprecio. Estaba buscando problemas.

Del Cano se echó hacia atrás en su sillón y miró a los dos inspectores.

—¿Duda de mi labor, oficial Rojo?

—En absoluto, señor.

—¿Y de sus compañeros?

—No tengo razones para hacerlo.

—Entonces, ¿por qué cuestiona la sentencia? —preguntó. Se formó un denso silencio. Gutiérrez volvió a mirarlo. Esta vez, para decirle que cerrara la boca antes de provocar un incendio—. No sea terco, inspector, y dedíquese a otros quehaceres, que bastante hay ya... en lugar de ir interrogando a culpables en los calabozos, ¿le parece?

—Sí, señor.

—Ahora, regresen a sus puestos y olvídense de este asunto. Gracias a Dios, la prensa no ha metido el hocico en exceso.

—Menos mal... —dijo Gutiérrez con burla.

Del Cano levantó la mirada con extrañeza.

—Podría ser peor, oficial. Mucho peor.

Quizá su superior tuviera un buen día. Ambos inspectores habían recibido reprimendas más duras en el instituto. Cuando salieron de la oficina y tomaron camino de las escaleras, Gutiérrez rompió el silencio.

—Eres un maldito bocazas, Rojo...

—Gracias. Yo también te quiero.

Gutiérrez agarró por el hombro a su compañero, obligándole a detenerse.

—¿Es que no te das cuenta? Por alguna razón, no interesa remover más el fango. Punto. Ya lo has oído.

—¿Y qué vamos a hacer?

Gutiérrez se rio.

—¿Vamos? No sé tú, *amic meu*, pero yo sé lo que voy a hacer... volver a mis quehaceres.

Rojo se quedó perplejo ante la actitud del inspector. No concebía que se hubiera dado por vencido después de todo el interés mostrado por el caso.

Se detuvo entre los peldaños por unos segundos. Gutiérrez continuó su camino. Después, cuando notó que Rojo seguía allí clavado, se dio la vuelta.

—¿Me acompañas a almorzar o qué? Hay algo de lo que te quiero hablar.

Sentados frente a la barra del bar que solían frecuentar en la plaza de España, Gutiérrez sacaba un mondadientes del envoltorio para colocárselo en la boca.

—¿Y esa cara? —preguntó el inspector examinando a Rojo mientras hurgaba entre las muelas—. No me dirás que te ha intimidado la charlita. No me jodas, hombre.

—¿Es para lo que me has traído aquí?

—No, qué va. No es eso —respondió rebajando el tono de guasa—. ¿Qué te pasa, muchacho?

—Se me ha olvidado tomar café esta mañana... —dijo y metió la mano en su cazadora para sacar un paquete arrugado de Pall Mall. Sacó un filtro le ofreció otro a su compañero—. Es todo lo que tenía la máquina.

—Me fumaría hasta un Ducados —dijo, agradeció el gesto y encendió el filtro—. ¿Sabes? Teníamos razón... Sobre ese chico, digo.

Incluirle a él en la frase, le satisfizo.

—¿Es inocente?

—Eso no lo sé —contestó tajante y rápido—. Puede, pero no lo sé. Mi amigo, el forense, me ha confirmado algo que sospechábamos...

—El arma.

—El corte era irregular —aclaró Gutiérrez dando un sorbo a un botellín de cerveza Águila—, más ancho y con menos profundidad que la hoja de la navaja. No hubo forcejeo con el varón, ni tampoco forzaron el robo. Quienquiera que hiciera aquello, no estaba allí para cometer un hurto... En cualquier caso, la mujer murió al sorprender al asesino. Eso es lo único cierto en toda esta historia...

—¿Y qué diablos sucede con ese informe?

—Que no existe —dijo Gutiérrez—. Es extraoficial. Las órdenes han sido claras, ya has oído a Del Cano. Están en juego las elecciones municipales...

—Ahora es a mí a quien no le cuadra todo este asunto.

—No estás solo, pero querías saber la verdad y aquí la tienes, Rojo —contestó el compañero y dio otro sorbo a su botellín—. Y ahora, ¿me vas a decir qué cojones te pasa? Lo del café no se lo cree ni tu tía.

—Ayer vi a Elsa —dijo el oficial y cogió por primera vez el quinto de cerveza que había pedido. Estaba húmedo y la etiqueta se había despegado del cristal. Gutiérrez aguardaba a que prosiguiera. Levantó el botellín y dio un trago antes de vomitar sus sentimientos. La cerveza fresca, fría y amarga, le hizo sentir mejor—. Sí, ayer vi a Elsa, después de tantos meses... y estaba con otro.

8

Aunque Gutiérrez le insistió, Rojo no quiso hablar del asunto más de lo necesario. Era su forma de transmitir el dolor que llevaba dentro. Pensó que así, haciéndoselo saber a su compañero, cesarían las preguntas. Gutiérrez, además de un puñado de detalles sobre el doble asesinato, había conseguido un esbozo a mano del arma homicida. Tenía la forma de una daga propia de la lucha grecorromana. Ver el contorno de grafito sobre el papel no le dio buena espina, pues no hacía falta ser muy inteligente para darse cuenta de que todo apuntaba a una misma dirección: las fiestas locales.

De ser así, el acusado interés por la clase política cobraba sentido.

—Sé lo que estás pensando —dijo Gutiérrez cuando Rojo miraba a la silueta. Su rostro era el de un depredador—. Que ese mamón no actuó solo.

—No, no estaba pensando en eso.

—¿Esa mujer, otra vez?

—¡Que no! Joder... —esputó molesto Rojo—. Pienso que no tenemos nada, Gutiérrez, que esto no son más que garabatos y teorías de última hora. Eso es lo que pienso.

El compañero tensó el bigote y retiró el papel de la vista del oficial.

—Del Cano te ha llevado a su terreno —contestó ofendido—. Eres un mierda.

—No empieces.

—Maldita sea, Rojo. ¿Vas a dejar que otro pague el pato? Te consideraba un hombre con principios, pero ya veo.

Harto de su insolencia, respiró hondo y logró ganarse la atención de Gutiérrez.

Había logrado lo que deseaba: provocarle.

—Precisamente, tú, no me hables de principios... —dijo tragándose las ganas de soltarle un puñetazo en la cara allí en el bar—. ¿Realmente te preocupa que ese quinqui se pudra en la cárcel? Ni que fuera de tu familia, por Dios.

A Rojo no le faltaba razón.

Gutiérrez parecía más preocupado de lo normal y nunca antes lo había visto así. Comenzaba a desconfiar que todo ese teatro se debiera a la visita de su hija.

—Escucha, no voy a discutir contigo —dijo aguantando el temple—. Mi colega me ha dado un punto de inicio. Si quieres vienes, si no, puedes irte a vestir muñecas con Pomares. Tú mismo.

Gutiérrez se levantó del taburete, tiró el cigarrillo al suelo y lo aplastó contra el suelo. Después sacó dos monedas de cien pesetas y las puso sobre la mesa dando un fuerte golpe.

En ese momento, Rojo se dio cuenta de que, a pesar de todos los defectos que pudiera tener su compañero, poseía varias cosas que él no tenía: agallas y alguien por quien preocuparse. Y esto último, jamás lo entendería hasta que perdiera a un ser querido de verdad. Quedarse allí no solucionaría nada. Después de todo, Gutiérrez era orgulloso y nunca daba segundas oportunidades a nadie. A veces, la vida coloca a las personas en un cruce de caminos inquebrantable, en el que no existe otra marcha más que la elección de uno de ellos.

Guardó silencio por unos segundos y miró a su alrededor. Gutiérrez o la oficina. Meterse en un embrollo y hacer la vista gorda como el resto.

Principios, pensó, en momentos como ese era cuando se forjaban a fuego las personas y su forma de entender la vida.

A las afueras de la ciudad, en una explanada de tierra y bancales áridos cercanos a la rambla, Rojo y Gutiérrez pararon el coche frente a una casa antigua de color amarillo con puertas marrones de gran tamaño, tejado rojizo y un amplio garaje con la entrada de chapa metálica. El calor penetraba las chaquetas de piel de los inspectores. Gutiérrez se limpió el sudor de la frente con un pañuelo sucio de tela blanca.

Al otro lado de la verja que separaba la propiedad privada del camino, dos pastores alemanes corrían hacia los policías con ansias.

—¿Estás seguro que es aquí? —preguntó Rojo saliendo del coche con tranquilidad, para no asustar a los canes. Luego puso la mano sobre la pistola, por si alguien abría sin avisar.

—Tiene toda la pinta —respondió Gutiérrez, temeroso por los furiosos ladridos de los perros—. Menudas fieras, ¿eh? Yo de pequeño viví con un mastín español.

—¿Es que no te criaron con niños?

Los perros ladraban con tanta rabia que era complicada mantenerse concentrado. La propia naturaleza sabía dotar de armas a cada uno de sus hijos.

A lo lejos, un hombre vestido con un mono oscuro de trabajo salió del garaje. Después dio un silbido a los perros, que se tiraban desquiciados ante la valla metálica, pero los animales hicieron caso omiso a la orden.

Gutiérrez se acercó hasta el timbre de la finca y pulsó el botón metálico.

Tras el pitido, los perros aumentaron los decibelios. Era insoportable, ensordecedor.

—¿Quiénes son ustedes? —preguntó una voz

distorsionada por el aparato.

—¿El señor Pucela? —dijo Gutiérrez al altavoz.

—Ya les he dicho que no quiero Biblias ni hostias en vinagre...

—Somos inspectores de la Brigada de Homicidios de la Policía Nacional —insistió Gutiérrez mirando al compañero. Era algo que odiaba mencionar—. Tan sólo queremos hacerle unas preguntas, no llevará más de unos minutos.

Se cortó la conversación y se oyó una ligera interferencia. Entonces, se escuchó un silbido con distinta tonalidad y los perros desaparecieron ahuyentados por la extraña orden.

Finalmente, la puerta se abrió.

El fuerte olor a quemado era tan intenso y desagradable que se podía sentir desde fuera. Los perros guardianes desaparecieron y tomaron una senda de grava y tierra que los llevó hasta la entrada del garaje. En la puerta les esperaba el misterioso hombre que habían visto antes, en la distancia. Llevaba las manos manchadas y un trapo amarillo con el que se frotaba. Estaba sucio, castigado y mostraba rasgos de cansancio.

Rojo sacó la placa para que el anfitrión se asegurara de que eran policías.

—Gracias por el detalle —respondió con el gesto fruncido a causa del sol que pegaba en su rostro—. Pasen, pasen...

Siguieron al herrero hasta el interior del garaje, que era un amplio taller sobrecargado de hierros, martillos, cizañas, metales, láminas de aluminio, verjas, sierras, fogones y herramientas para soldar.

El hombre dejó el trapo sobre una mesa de madera y agarró una botella de cristal con agua. Dio un largo trago y se la ofreció a los policías.

Gutiérrez sacó un cigarrillo.

—No, gracias —dijo y se puso el filtro entre los labios—. ¿Le importa que fume?

—En absoluto, adelante... —contestó apoyándose con un brazo sobre la mesa—. ¿Han dicho homicidios?

—Así es —dijo Rojo.

—Vaya... —comentó—. ¿Y qué les ha traído hasta aquí?

—Apreciamos su interés —respondió Gutiérrez—, pero somos nosotros quienes haremos el interrogatorio.

Rojo dio un vistazo rápido por el garaje. Dadas las fechas, era complicado encontrar algunas de las réplicas que se usarían en las fiestas locales, puesto que éstas habían terminado semanas atrás. Sin embargo, todo artista guarda siempre un ejemplar de su mejor trabajo y aquel hombre no iba a ser menos.

En lo alto de una escalera metálica que llevaba a un segundo piso, varias dagas de hierro se apoyaban sobre la pared de cemento.

—Tenemos entendido que es usted a quien encargan las réplicas para Carthagineses y Romanos —explicó Rojo.

—En efecto —contestó el hombre orgulloso del reconocimiento—. Las dagas y espadas de los romanos, para ser más precisos... ¿Está el cuerpo pensando en cambiar el armamento? Podría hacer un precio especial.

El comentario no hizo gracia a los inspectores, que clavaron la mirada en el cráneo de aquel individuo. No parecía colaborar y eso sólo traía más tensión al bigote de Gutiérrez. El inspector sacó la fotocopia con el esbozo de la daga que había enseñado en el bar a su compañero y se la entregó al herrero.

—¿Qué sabe de este modelo?

El hombre sacó unas gafas redondas del bolsillo de su mono, sujetó el folio con los dedos recios y manchados, y miró con detenimiento.

—Es el dibujo de una espada —contestó el herrero—. ¿Lo ha hecho su hijo?

—Por su bien, no nos haga perder el tiempo.

El tipo pestañeó irritado.

—Parece el filamento de una de las muchas hojas que fabrico. Como comprenderá, cada pieza es única, aunque tengan un molde parecido...

—Haga el favor y fíjese bien —contestó Gutiérrez apretando la situación—. Es importante.

El hombre se limpió la frente con la mano que tenía libre y le entregó de vuelta el papel.

—¿Y? —Insistió Rojo.

—Podría pertenecer a los miembros de la Legión de Cayo Lelio.

—¿Podría o puede? Explíquese.

—Puede, puede... —dijo abrumado el artesano—.

¿Usted sabe cuántas como esas he fabricado?

—Sinceramente no —respondió el policía—, pero estamos aquí para eso, para ayudarle a recordar.

—Dar con el paradero de la pieza puede ayudarnos a encontrar a la persona que buscamos —intervino Rojo antes de que el sujeto se negara a continuar con la conversación. Implicar a alguien como responsable indirecto de una desgracia que no ha cometido, siempre era eficiente—. Pero, si se equivoca, nos llevará a un callejón sin salida.

De pronto, le temblaron las manos y miró al oficial.

—¿Ha sucedido algo grave?

—Lo suficientemente grave para que estemos aquí —contestó de nuevo Gutiérrez.

El herrero perdió el sarcasmo con el que había recibido a su visita y mostró una ligera preocupación por el interés en el asunto. Puede que no le importara lo que había sucedido pero, un suceso así, le vincularía y pondría en peligro su negocio.

—Estoy seguro de ello —dijo con firmeza y voz grave—. Pertenece a la Legión de Cayo Lelio.

—¿Ahora sí? —dijo Gutiérrez desafiante.

—Jamás estuve orgulloso de la punta final del modelo, pero dediqué horas y esfuerzo. Fue de las primeras partidas que fabriqué. La Legión de Cayo Lelio es una de las agrupaciones fundadoras de las fiestas. A ellos, en gran parte, les debo que haya podido continuar dedicándome a esto… —contestó y dio media vuelta. Después caminó hasta unos cajones que se encontraban en el final del garaje. De allí sacó una revista arrugada y descolorida. Parecía un programa de fiestas. Lo abrió, buscó entre las fotografías y señaló una de las páginas—. Aquí están. Estos son y, como pueden ver, es el modelo que más se acerca a su descripción.

—Interesante —dijo Rojo observando la foto.

Rostros a los que habría que poner nombre en cuanto antes—. ¿Me lo puede prestar?

—Quédeselo, tengo otro ejemplar.

Gutiérrez contemplaba la imagen. Un grupo de diez hombres de mediana edad, vestidos con armaduras romanas, escudos y sandalias, empuñaban una espada de metal atada a la cintura. Ninguno de ellos era El Mechas. Una fotografía jovial de hermandad cargada de inocencia que ocultaba una incógnita, un enigma que debían de resolver los policías.

Demasiados rostros y un margen de tiempo escaso.

—Lo de recordar al propietario, es mucho pedir, ¿verdad?

—Sí —dijo el herrero, cuestionándose si la pregunta era una chiste—, contando con el dibujo a mano que me ha traído... Si quieren saber más, pregúntenles a ellos.

Los inspectores se miraron y, en silencio, entendieron que habían terminado el interrogatorio.

Rojo comprobó la hora en su Casio negro digital.

Eran las dos de la tarde. En unas horas caería el sol y, de nuevo, la noche, la oscura y solitaria noche le atacaría de nuevo.

9

A última hora de la tarde, agotado y con la cabeza cargada de ideas que no llevaban a ninguna parte, el policía aparcó en la calle Carlos III y decidió dejarse caer por el bar Dower's antes que abdicar y resignarse a comer varitas de pescado congelado frente a la televisión.

Una vez más, Gutiérrez se había retirado antes de hora a causa de su hija. El policía deseaba recuperar las horas perdidas, recuperar el amor filial a cualquier precio, aunque no tuviera la más remota idea de cómo hacerlo.

Sin éxito, antes de dejarse llevar por la cortina de humo de la cafetería, había tenido tiempo para regresar a la comisaría y guardar la revista en el cajón de su escritorio bajo cerrojo, algo que no solía hacer, pero quería asegurarse de que Pomares no metería las narices en sus asuntos.

El bar no estaba lleno y era de extrañar puesto que, a medida que el fin de semana se acercaba y la semana laboral llegaba a su fin, las ganas de escapar de la rutina, volcar los problemas y empinar el codo aumentaban en la clientela.

A Rojo le resultaba extraño que no hubiese ninguno de esos estudios avalados por universidades americanas que certificaran tal fenómeno.

Como habituaba hacer, caminó hasta uno de los lados de la barra, el más próximo a la entrada, junto al teléfono público y las bolsas de aperitivos.

Odiaba la ventana, parecía el lugar para los marginados y él no era uno de ellos… todavía.

Allí, junto a la puerta, siempre aparentaría haber llegado el último.

—Hombre, Rojo, qué alegría verte... —dijo Félix al sentir la presencia del oficial a unos metros de él. Iba vestido como siempre, aunque llevaba varios días sin afeitarse la barba, detalle que llamó la atención del inspector—. Pensé que me habías puesto los cuernos.

—Una caña, anda… y bien fría, por favor —dijo el policía y miró a la televisión. En el monitor aparecía un hombre de traje informando de la previsión meteorológica. Lluvias en todo el litoral español. Estupendo, pensó el inspector. Con suerte, lavaría el coche sin gastarse un duro. La tranquilidad del local era tan agradable que resultaba casi molesta—. ¿Dónde están los clientes, Félix?

—No lo sé —dijo el hombre mientras colocaba el vaso de cristal bajo el grifo de cerveza—. Estarán de exámenes, digo yo.

—Aquí no vienen estudiantes.

—Entonces sé lo mismo que tú —respondió con guasa y puso el vaso frente al policía. La cerveza burbujeaba fundiéndose con el dedo de espuma que había en lo más alto. Después sacó un plato blanco y vertió dos cucharadas de encurtidos—. ¿Conseguiste ayudar a ese hombre?

—No me dijiste que lo conocieras —respondió tajante. El propietario reculó.

—Y no lo conozco —dijo—. No importa, no quería entrometerme.

Rojo dio una ligera palmada en la mesa.

—Disculpa, Félix. Llevo unos días del carajo... —explicó el policía y dio un largo trago al vaso. La cerveza fría y amarga calmó su sed y las ansias por romper con todo—. No, no creo que pueda ayudar a ese tipo. Parecía noble, pero su hijo se ha metido en un buen marrón. No siempre se gana y, menos, cuando buscas perder.

—¿Tiene algo que ver con la noticia del asesinato de Los Barreros?

Rojo se encogió de hombros y miró a su alrededor. Nadie les estaba prestando atención.

—Más o menos —dijo y dio un segundo trago. Vaso vacío. La cerveza apenas le había durado unos minutos. Antes de que pidiera una segunda, Félix le retiró el recipiente, sacó un botellín de la nevera y lo destapó frente a su cara—. Gracias. Algo huele a podrido y no estoy seguro de que merezca la pena levantar la alfombra, ¿me sigues?

—Te sigo.

—Pues eso —dijo el oficial y miró a su interlocutor, que parecía intrigado por conocer las pesquisas que ocultaba el inspector—. ¿Tú eres de aquí, verdad?

—Pues claro... Del barrio Peral, además... —respondió orgulloso mirando al horizonte. Después señaló a las botellas con una sonrisa—. ¿No ves la bufanda del *Efesé*?

—¿Qué sabes de Carthagineses y Romanos?

—Pues poco, para qué te voy a mentir —contestó forzando el acento—. Siempre me han *tirao* más los Marrajos y Californios.

—¿Qué?

—Semana Santa, hombre.

—Ah.

—Si necesitas socializar, estoy seguro de que encajarías más en el club de tiro.

—Muy gracioso.

—Venga, Rojo, anima esa cara, zagal... que pareces sacado de Canción Triste de Hill Street.

—Es mi compañero, el del bigote, que tiene a su hija en casa y no hay quien lo trate... Y no me vengas con monsergas sobre lo que es criar a dos hijas.

Félix entendió que la cerveza no era suficiente para que el agente derramara allí toda la bilis. Una vez hubo empezado a soltar lastre, lo peor que podía hacer era detenerlo.

Asintió, agarró una botella de Dyc y puso dos vasos de cristal chatos y transparentes mientras Rojo hablaba. Luego sirvió el whisky hasta rellenar los chupitos.

—Para rematar, ayer me encontré con Elsa en el Continente.

—¿Y qué te dijo? —preguntó y arrimó uno de los vasos al policía—. Bebe, esto entra bien.

Brindaron, se miraron y tragaron el licor.

El policía apretó los ojos por un instante.

El escozor atravesó su garganta. El trago fue revitalizador, como un buen sopapo a tiempo.

—Nada. Estaba cambiada, a mejor… Parecía más delgada y llevaba otro estilo.

—La verías con buenos ojos. Suele pasar cuando echas de menos a alguien que ya no está contigo.

Rojo repitió las palabras en su interior.

No le faltaba razón a ese mamón, pensó, pero no se la iba a dar en público. Su orgullo no se lo permitiría.

—Que ya no te pertenece, dirás —añadió el policía.

Félix resopló y extendió los brazos sobre la barra metálica.

—Nadie ni nada nos pertenece, Rojo, cuando se refiere a personas… —respondió con tono paternal—. Alégrate por ella, pasa página y acepta que tu tren no parará en su estación. Cuanto antes aprendas a convivir con ese sentimiento de pérdida, antes te enamorarás de otra…

—Y dale con eso…

—Pues a encontrar una compañía, cojones, que hay que darte las frases con cuchara sopera —recriminó—. Quítatela ya de la cabeza, que por mucho que pienses en ella no se te va a aparecer…

—Parece que hables desde la experiencia. Quizá me quieras contar algo…

—No te vayas por los cerros, Rojo. Aprovecha antes de que eches barriga y te conviertas en un despojo andante… Que he visto ya unos cuantos de esos que decían comerse el mundo… y terminaron solos y tristes. Sonará a lo que dicen todos, pero es verdad, todo pasa… El tiempo corre y no espera a nadie, no pierdas el tiempo en chorradas.

—Es ella quien parece no haberlo perdido.

—¿Qué quieres decir?

—Iba con otro, con un chulo de discoteca. Lo peor es que me temo que le ha puesto la mano encima.

Félix sirvió dos tantos más de whisky. El reloj de la pared marcaba las nueve menos cuarto de la noche. Rojo volvió la mirada y comprobó la hora en su reloj para asegurarse. Qué importaba, pensó, otros días había comenzado antes a beber.

Volvieron a tragar el destilado.

Esta vez sin saborearlo.

—¿Estás seguro de lo que dices? Son acusaciones serias, muchacho.

Rojo miró al camarero con fraternidad.

—Soy inspector, Félix. Me pagan por cazar a hijos de puta y éste lo llevaba escrito en la frente.

Dicen que una retirada a tiempo es una victoria, aunque Rojo no pensó lo mismo en ese instante. De haber sido por él, no lo habría hecho, pero Félix mandaba y había líneas que no se podían cruzar.

Tras un ligero forcejeo verbal para que le pusiera otra copa, el propietario del bar le invitó a que se fuera a casa, antes de que no pudiera levantarse del taburete. El oficial no estaba tan ebrio como otras veces, ni siquiera se sentía mareado, pero ese era el mayor temor del empresario, que el policía se aferrara a un estado de embriaguez ligero y llevadero que, día tras día, se convertía en la solución a sus problemas emocionales. Félix, además de un fiel servidor de bebidas y platos combinados, era un hombre que estimaba al inspector y, en casos como aquel, miraba antes por la integridad de su cliente que por la caja que haría esa noche.

—Ponme otra, Félix, no seas pesado —insistió Rojo con esa sonrisa perdida y el billete de mil pesetas en la mano, producto de una dulce intoxicación que buscaba subirlo a lo más alto.

—No hay suficientes bares en esta ciudad para tanto borracho, Rojo. Me gustas como cliente esporádico, no quiero odiarte como enemigo habitual.

El inspector reculó y guardó silencio. Félix había dicho basta y supo reconocer a tiempo cuándo era el momento de darse por vencido. Acto seguido, puso unas monedas sobre la barra y caminó despidiéndose con la mano.

Aunque habían anunciado lluvias, por el cielo raso se podían ver los luceros. Respiró profundamente y miró hacia la infinidad de una calle silenciosa y vacía. En los edificios, por algunas ventanas se podía apreciar el reflejo de los televisores encendidos. Familias que se reunían en el salón para prestar atención a lo que un cualquiera dijera frente a un micrófono y una cámara.

Vidas ideales, ciclos sociales completados. Todo lo contrario a lo que era él, un bala perdida, como decía su madre, un lobo solitario en una manada artificial llamado cuerpo de policía. Algún día, murmuró, algún día aceptaría quién era, en lugar de alcanzar todo aquello que intentaron enseñarle a desear desde niño.

Caminó hasta el portal, subió los peldaños y pulsó el botón del ascensor. Metió la mano por la rendija del buzón metálico y no encontró más que publicidad de pizzerías y restaurantes chinos a domicilio.

—El oso feliz —leyó en voz alta mientras esperaba a que llegara el elevador. Cayó en la cuenta de que se acostaría de nuevo con el estómago vacío.

Al entrar en la casa, un fuerte olor a polvo y rancio le recibió en la entrada. Debía llamar a esa asistenta que le había recomendado Gutiérrez. Quizá ella supiera cómo eliminar ese hedor que hacía de respirar un acto doloroso.

Con el cuerpo pesado, fue hasta el baño, se desnudó y se metió en la ducha. El agua caliente cayendo sobre la nuca lo avivó. Mientras sentía el chorro calmar sus pensamientos, recordó lo que Félix le había dicho antes.

Tenía razón, los hechos siempre poseían más fuerza que las palabras y la hora de pasar página de una vez, había llegado.

Se dijo a sí mismo que no sería sencillo ni placentero pero si empezaba a olvidar a esa mujer y aceptar que no moriría a su lado, quizá así, se libraría de la mochila de problemas que cargaba desde unos meses atrás. Era todo una cuestión de principios, de creer en uno mismo y de volver a empezar de cero.

Era la misma historia de siempre, con la diferencia de que un primer amor nunca se olvida y, menos todavía, uno como el que había tenido con Elsa.

Salió del cuarto de baño envuelto en una toalla y con el pecho descubierto, aliviado por fuera como por dentro y con la conciencia más tranquila que antes de ponerse a remojo. Por una noche, dormiría sin remordimientos, sin pensar en lo que podía haber hecho y no fue así. Por una vez, respiraría tranquilo sin importarle lo más mínimo esa mujer, aunque una parte de él le soplara que necesitaba su ayuda.

—No siempre se gana —repitió mientras cortaba una rebanada de pan en la cocina. Repetía demasiado esa frase y estaba hartándose de poner esas palabras en su boca, de sentirse un hombre gris y sin rumbo, de sentirse un perdedor.

Por la radio de la cocina sonaba un conjunto de jazz que emitían en Radio Nacional de España. Rojo no entendía de música más allá de las cintas de rock y blues que guardaba en la guantera del coche, pero aquello que sonaba le hacía sentir animado. Tampoco tenía ningún interés en ampliar su conocimiento, pues era la clase de persona que podía escuchar el mismo álbum una y otra vez sin aborrecerlo. Todo lo contrario que Elsa, esa mujer que coleccionaba discos de vinilo y se enorgullecía de la cantidad de libros que acumulaba a sus espaldas. Esa mujer que le abría las puertas a una dimensión desconocida.

—¡Al cuerno! —bramó y apagó la música.

De repente, sonó el teléfono del salón. Comprobó la hora por enésima vez. Las once de la noche.

Se preguntó quién demonios llamaría a esas horas sabiendo que la única persona que podía hacerlo, estaba con su hija. En cualquier caso, no tenía opción. No serían buenas noticias.

Un tono, dos tonos, tres tonos.

Se limpió las manos y anduvo con paso decidido hasta el salón.

Descolgó el teléfono blanco de plástico.

—¿Quién?

—Hola, Vicente, soy yo… —dijo una voz femenina aterciopelada. Un rayo partió en dos al oficial. Elsa llamaba a su casa y todavía recordaba su número—. ¿Estás ocupado?

Podía decirle que sí, que estaba acompañado y tragarse

las ganas, aunque siguiendo adelante.

—¿Qué quieres?

—Hablar contigo, pero no por teléfono —contestó ella—. Me gustaría verte.

—¿Dónde estás?

—Aquí abajo, en el Dower's... —respondió con una dulzura sobrecargada. La mujer jugaba todas sus cartas y Rojo era demasiado débil para hacer frente a sus encantos—. ¿Puedo subir?

10

Y subió. No consideraba otra opción.

Las ganas le vencieron.

Tan pronto como colgó el teléfono de plástico blanco, no supo si se arrepentiría de aquello, pero no lo podía remediar. Esa mujer era su debilidad, la razón por la que había rechazado otros destinos, la causa por la que seguía viviendo en esa ciudad.

Elsa subía en el ascensor, Rojo se vistió con una camiseta ajustada de color negro y unos vaqueros. Movió los sillones del salón simulando orden y limpieza, aunque a su invitada no le importara el estado de la casa. Agarró un aerosol perfumado y ambientó la entrada con olor de pino.

Sonó el timbre, él seguía nervioso, descolocado. Un beso, un saludo fugaz y distante. Se preguntó qué demonios hacía ella allí.

—Dios dirá —murmuró en alto y abrió la puerta hacia dentro.

En el umbral, protegida por el mismo abrigo que había llevado antes y vestida con un jersey negro de hilo fino y tejanos, Elsa miraba al inspector con el mentón gacho.

—Hola, Vicente —dijo y sus defensas se desarmaron. Esa voz tenía algo demoledor, infeccioso. Ella era la única persona, además de sus padres, que le llamaba por su nombre de pila.

—Hola, Elsa.

Sus ojos se encontraron. El corazón le bombeaba con tanta fuerza que podía sentirlo en el interior de sus huesos.

Un largo silencio se forjó en la entrada.

—¿No me vas a invitar a pasar? —preguntó ella finalmente.

—Sí, claro, perdona —rectificó y se apartó de la puerta. Recordó las palabras de Gutiérrez. Él tampoco era tan duro, a pesar de las apariencias y la reputación que se había ganado y ella sólo tenía que sonreír para que el policía se olvidara de todo sufrimiento.

Elsa, que no era la primera vez que entraba en el apartamento, caminó directa a la cocina. Cuando la mujer encontró la tabla de madera, la barra de pan desmigajada sobre la encima y la bandeja de embutido, rio para sus adentros, recordando lo adorable que era el inspector, dibujando una mueca visible en su rostro.

—Deberías comer de caliente —comentó—, y más ahora que se acerca el otoño.

—Prepararé café —dijo el oficial sin pensar en la hora que era y caminó hasta la cafetera moka de aluminio que tenía al lado de la radio. Mientras vertía las cucharadas de café molido, Elsa encendió un cigarrillo junto a la mesa de madera de la cocina. Por el altavoz seguía sonando jazz, aunque él ya no prestaba atención a la música—. ¿Qué te ha traído hasta aquí?

—Miles Davis —dijo ella—. Es un clásico. Al final, no todo iba a ser malo.

—¿Te trata bien ése? —preguntó y se apoyó en la encimera. Sacó un Pall Mall y se unió a la fumata.

—¿También has vuelto a fumar?

—No me cambies de tema. ¿Eres feliz?

—Háblame de ti, Vicente. He pensado mucho en ti últimamente, dónde estarías, si te habrías metido en algo gordo...

—Sabes que siempre estoy aquí y en problemas —dijo

él—. ¿Te trata bien ése?

—¡Ay! Por favor, baja la guardia. He venido en son de paz.

El café comenzó a salir. Tuvo suerte, pensó él. Aquello lo mantendría entretenido unos segundos, hasta un próximo ataque.

—Me sorprendió verte, he de reconocerlo. Te ves bien.

—Gracias. Eso está mejor —contestó ella. Rojo sirvió las dos tazas y se sentó frente a su compañía, en el otro extremo de la mesa—. Siempre lleva unos minutos dejarte sacar tu lado más humano.

—¿Por qué no me has llamado en estos meses?

Ella dio una calada. Sopesó la respuesta. Estaba jugando, creando tensión, ilusión y misterio. El humo seguía la dirección de la ventana que estaba entreabierta.

—Lo intenté. No estaba preparada. Tú tampoco lo hiciste.

—Ni siquiera supe dónde vivías —respondió dolido—. Desapareciste del mapa.

—Los mapas siempre son inexactos.

—¿Qué ha cambiado?

Elsa tenía el codo apoyado sobre la madera, la mano a la altura de su rostro y el cigarrillo entre los dedos. Sus ojos apuntaban con firmeza a los del hombre que tenía delante. Parecía dispuesta a ganar, como en una partida de cartas. Tranquila, relajada, esperaba su hora.

—Verte. Eso lo cambia todo, Vicente —dijo Elsa—. Es cierto eso de que no nos damos cuenta de lo que tenemos hasta que se pierde. Cuando creí que me perdía muchas cosas a tu lado, no fue así. Me di cuenta tarde, cuando ya no estabas, y no porque no quisieras tú, porque lo había decidido así.

Él no supo qué decir. Estaba sorprendido. Si esa mujer tenía una carencia, era la de reconocer sus errores. Demasiado entregada para el amor, demasiado orgullosa para aceptar las malas decisiones.

Confiada, se levantó de la silla, abrió el armario de las

bebidas espirituosas y sacó una botella de Soberano que el policía guardaba para las jornadas más grises. Rojo la seguía con la vista. Después abrió el armario de los vasos, puso dos copas sobre la mesa y sirvió el coñac. Se contoneaba con gracia, como si todavía viviera allí. Otro de sus trucos con tal de distraerle. Una danza improvisada que seducía lentamente al inspector.

—¿No te gusta el café? —preguntó él intrigado por lo que había hecho—. Haber empezado por ahí.

—No es eso. Temo que me quite el sueño.

Después de servir los tragos, apagó el cigarrillo en un cenicero metálico que había sobre la mesa, colocó el vaso en la mano del policía y se abrió de piernas para ponerse encima de él. Miles Davis tocaba para ellos en una cita improvisada. La solemnidad de la noche ambientada por hilo musical de la radio. El chisporroteo de las brasas de un cigarrillo que se consumía con desgana. Como una serpiente, se enroscó al inspector. Rojo no mostró resistencia. Estaba embriagado por el perfume de la mujer, un aroma que había echado de menos. Se dejó llevar. Notó los pechos pronunciados contra su rostro, la rigidez de los muslos sobre los pantalones. Sintió fuerte erección provocada después de mucho tiempo. Por un segundo, fruto de la vergüenza y como si se tratara de la primera vez, le preocupó que Elsa la notara, pero no fue más que una estúpida idea. Ambos sabían lo que significaba una visita así. Ella, desde arriba, le apartó el cigarrillo de la boca y chocó su copa contra la del policía. Brindemos, dijo en silencio a través del iris de sus ojos. Se miraron, eclipsados el uno del otro, felices de haberse reencontrado después de tanto tiempo. Sonrieron y, como dos campos magnéticos, acercaron sus labios hasta besarse.

Frenar lo inevitable siempre había sido uno de sus mayores defectos. Esa noche, hizo una excepción. Todo el discurso de dominación y autocontrol que había elaborado durante la ducha se marchaba por el desagüe. La carne era débil, más todavía cuando los trenes se paran en la puerta de uno.

Rojo no creía en la suerte y, por esa misma razón, tampoco pensaba que Elsa se hubiese plantado allí por un arrebato. No obstante, no era momento ni lugar para pensar, sino para estar presente, junto a ella, antes de que se marchara y volviera abandonarlo, porque Elsa era una de esas personas que corría, como él, hacia esa luz inagotable, sin importarle lo que dejara atrás.

Desnudos y arropados bajo la manta, la melena de Elsa acariciaba el pecho del inspector. Habían pegado un buen revolcón, algo que ambos necesitaban. Él, sentado y apoyado sobre el cabezal de la cama, miraba al resplandor de la noche que alumbraba con timidez la oscuridad.

Tras unos minutos de silencio y caricias, ella inició la conversación.

—¿Me has echado de menos?

—¿Qué pregunta es esa? —cuestionó el policía.

Para él, era obvio que sí. De lo contrario, no habrían llegado tan lejos.

—Dime, ¿sí o no?

Quería escucharlo salir de su boca, pero no estaba dispuesto a darle tal satisfacción.

—Te guardé el luto, a diferencia de lo que has hecho tú.

—Oh, Vicente. No empieces...

—No preguntes.

—Sabes que detesto vivir sola —dijo ella y acarició los dedos del oficial—. ¿En qué estás trabajando ahora? ¿Algún asesinato múltiple?

Muy astuta, pensó.

Desviar la conversación con sutileza cuando no le interesaba, era su especializad. Rojo se dio cuenta de ello. Decidió seguirle el juego. Volvería más tarde a lo personal.

—Más o menos. Ya sabes cómo son estas cosas. No puedo decir mucho.

—Te comprendo —contestó la mujer.

Eso le gustaba de ella, el respeto, la distancia y el entendimiento. Elsa no iba más allá de su curiosidad, ya fuese porque no le interesaba o porque conocía dónde estaban los límites entre la confianza y el error humano. Si no quería que algo se supiera, mejor no contárselo a nadie. Por el contrario, lo que al principio pareció una virtud, Rojo jamás pensó que se volvería en su contra. Los secretos que debía mantener lejos de ella, eran casi tantos como los que esa mujer ocultaba tras la sonrisa.

Hasta el momento, no se había dado cuenta de ello, ni tampoco tuvo tiempo a recordarlo, pero bastó un ligero haz de luz amarillenta para ver de nuevo el cardenal que ocultaba en uno de los antebrazos. Relajado, decidió no asustarla. De ese modo, sólo lograría que se marchara corriendo y desconfiada.

—¿Dónde le conociste?

Elsa suspiró y ocultó el brazo bajo la manta.

—Eres muy pesado.

—Sólo quiero asegurarme de que estás con alguien mejor que yo.

Ella se rio.

—Eso no te lo crees ni tú.

—¿Te trata bien Manolo? —preguntó—. No eres una mujer fácil.

—Ni él un hombre sencillo, como tú tampoco lo eres. Debo de tener alguna atracción escondida hacia lo complejo.

Elsa se rio de nuevo, pero Rojo no hizo ningún comentario al respecto.

—¿A qué se dedica?

—Es empresario. ¿Por qué lo preguntas?

—¿Tiene un restaurante o algo por el estilo? Pensé que era guardia jurado.

Ella le dio un ligero golpe en el pecho, a modo de protesta.

—Es el dueño de una discoteca. Me protege, que no es poco.

—Yo también lo hacía, incluso ante la ley.

La mujer sopesó su respuesta y su voz tomó una tonalidad triste y desanimada.

—Tú, eres tú... No busco a alguien que te reemplace.

Ese es mi mayor error, pensó él, que tampoco lo hacía.

De pronto, la respiración relajada le provocó una ligera somnolencia.

Elsa se había quedado dormida sobre su regazo y él también estaba a punto de hacerlo. Le preguntaría sobre las marcas al día siguiente, durante el desayuno. Estaba feliz, tranquilo, como si nada hubiese cambiado, pero no era así. Lo que estaba ocurriendo era propio de un oasis, de un espejismo perecedero. Tarde o temprano se daría de bruces con la verdad pero, hasta entonces, no quería pensar en ello.

Cerró los ojos, respiró profundamente y se deslizó hasta caer tumbado sobre la almohada.

La luz de la mañana entraba por los agujeros de la persiana de plástico. Rojo despertó desorientado. Un fuerte ruido de la calle le había sacado de una pesadilla que apenas lograba recordar. Era todo confuso. Pestañeó con molestias, movió la cabeza a ambos lados y palpó los alrededores de su cama.

Por suerte, no todo había sido un mal sueño.

A su lado, Elsa había dejado rastros de cabello en la almohada. El lugar aún estaba caliente y se olía a humo de cigarrillos que entraba desde la cocina. Sonaba la radio, aunque ya no era jazz sino bandas de rock las que solían pinchar en Radio 3.

—¡Elsa! ¿Estás ahí?
Pero nadie le respondió.
Después se escuchó un portazo.
—¡Mierda! —bramó.
Salió disparado en calzones hasta la puerta, pero el perfume de la mujer ya se había marchado por las escaleras.

Agitado, en la cocina encontró una cafetera usada, un cigarrillo sin apagar y una sustancia polvorienta junto al fregadero. Se acercó a las motas blancas pensando que se habría derramado por accidente de la cuchara del café. Puso la yema del índice, arrastró el dedo y saboreó. Cuando sintió el amargor en la lengua, se dio cuenta de lo equivocado que había estado todo ese tiempo.

Jamás renuncies a tu instinto, pensó.

Salió disparado hacia la habitación dando varias zancadas, agitado y ansioso por encontrar una respuesta. Miró de nuevo a su alrededor y abrió el cajón de la mesilla de noche.

—¡Será hija de puta! —Gritó con fuerza.

Elsa se había llevado el dinero que guardaba en la cartera.

Para su infortunio, se había dejado un pista clave arrugada en forma de tubo: una tarjeta de contacto de la discoteca Ritmos.

11

Condujo hasta la comisaría pensando en lo mal que lo había hecho todo, sintiéndose culpable por ella, y no por él. Si hubiera seguido a su instinto desde el primer momento, nada de aquello habría pasado. Esta vez, era Elsa la que estaba metida en problemas, y los problemas de Elsa se convertían en una cuestión personal.

Una papeleta de cocaína en la cocina.

Ni siquiera había podido remediar dejar evidencias en su propia casa.

Cruzó el paseo Alfonso XIII con el rostro de la mujer y la actitud chulesca del idiota de su nuevo novio, Manolo, el empresario de la noche, un singular personaje al que no tardaría de localizar, aunque tuviera que remover los archivos de la oficina para dar con la dirección del local. Ni la ciudad era tan grande ni él se daría por vencido.

El programa matinal informaba del minuto de silencio que se celebraría en todos los institutos de la ciudad como luto por la pérdida de Silvio Avilés, el docente acribillado junto a su mujer. El peculiar nombre del difunto le ayudó a cambiar de pensamiento. Se había olvidado por completo del caso y eso le hizo sentir sobrepasado ante tanta faena pendiente. Todavía quedaba mucho por hacer, identificar a cada uno de los individuos que aparecían en la foto, les llevaría más de un día. No tenían pruebas, ni pistas por las que comenzar una investigación. Tan sólo a un profesor de bachillerato y a su mujer, ama de casa. Dos ciudadanos tranquilos, sin expedientes ni problemas económicos. Descartó el ajuste de cuentas. Estaban ante un caso arduo y fangoso, con la única certeza de que el asesino seguía en la calle y nadie estaba dispuesto a colaborar. Más bien, al contrario. Y, quizá, eso lo volvía todo más interesante.

En la comisaría esperaba Gutiérrez sentado en su escritorio con una montaña de expedientes amarillos. Desde la entrada, se podía escuchar un alboroto al final del pasillo. Algunos oficiales miraban atónitos ante tal ruido. Pomares hacía preguntas mientras que el policía se limitaba a ignorarle.

—¿Qué está pasando aquí? —preguntó Rojo en la entrada de la oficina y cerró la puerta con un fuerte golpe—. Estás llamando la atención, imbécil.

—¡Eso mismo me pregunto yo! —exclamó el inspector.

Era otra de sus zancadillas para que alguien corriera la voz.

Furioso, se desplazó hacia el oficial, lo agarró por la pechera de la camisa y lo estampó contra la pared. Se escuchó un estruendo, el cristal de la ventana vibró. Pomares estaba colorado, más por vergüenza que miedo. Las órbitas de sus ojos se inflaban como dos bolas de billar y su nariz soltaba aire como el morro de un toro embravecido.

Rojo acercó la frente hasta el tabique nasal del compañero y se tragó lo que tenía que decirle. Quizá no fuese lo más adecuado, no allí, mientras el resto del cuerpo oía al otro lado.

—No soy un hombre de segundas oportunidades. La próxima, te habrás arrepentido de hacerlo.

Pomares tragó la bilis.

—Sois patéticos —dijo y desapareció.

Cuando Rojo se giró, vio la silueta del compañero,

ocupado con el montón de carpetas que tenía sobre el escritorio.

—¿Por qué no le has dicho que se calmara? —preguntó Rojo irritado.

—Lo he intentado —contestó desinteresado.

—Ya —dijo Rojo y caminó hasta su mesa. Gutiérrez levantó la vista—. He estado pensando en la muerte de esa pareja.

—Eh, espera un momento... Tienes buena cara, ¿a qué se debe? —preguntó intrigado desviando la conversación—. Y no me digas que ha sido el café.

—Más bien tenía. Anoche estuve con Elsa.

Gutiérrez se echó las manos a la cabeza dramatizando la situación.

—No me fastidies, Rojo. ¿Fuiste al catre?

—No me fastidies tú, Gutiérrez.

—Bueno, luego me lo cuentas... si quieres —dijo y abrió una carpeta amarilla—. Yo también le he dado al coco, pero no te iba a decir nada delante de ése. He puesto rostro y situación a cada uno de los engendros de la foto.

—Si no recuerdo mal, había cerrado con llave.

El inspector rechoncho soltó una carcajada.

—No me cuentes historias. La cerradura ha saltado de un zapatazo.

A Rojo no le sorprendió lo que su compañero había hecho.

—¿Has sacado algo en claro?

Gutiérrez abrió la revista, agarró un rotulador de color rojo y rodeó el rostro de cinco hombres.

—He descartado a los otros cinco por varias razones. De la formación original, no quedan muchos. Uno de ellos falleció en un accidente de tráfico, otro murió de cáncer y el resto ya no vive en Cartagena, con lo que la búsqueda se reduce a este grupo.

Rojo puso atención a la fotografía una vez más y reconoció uno de los rostros que había rodeado su compañero.

—He visto esta cara antes… Me suena de algo.

—Y tanto —dijo Gutiérrez—. Es concejal de Seguridad del Partido Socialista. Te encargaste de salvarle el lomo durante la quema de la Asamblea Regional. ¿O es que no lo recuerdas?

Rojo volvió a mirar la foto. Puede que así fuera. Tenía un recuerdo borroso de ese día. Había intentado, sin éxito, olvidarse de todo aquello de por vida. Pero las cosas siempre suceden por alguna razón y, de haber sido distinto, jamás habría intimado con Elsa.

—¿Quiénes son los otros?

—No lo sé... Dos hermanos, unos amigos del instituto… Gente común.

—Todos los asesinos son gente común, hasta que dejan de serlo.

—Estos… todavía lo son.

—¿Vidas?

—Normales —contestó Gutiérrez—. Clase media y trabajadora. Hijos, familia. Ningún antecedente.

—Pero, según tú, el hombre que buscamos está aquí, en este círculo.

—Esa es mi corazonada. Dudo que los muertos hayan salido para esto —dijo Gutiérrez a modo de broma. Rojo miró una vez más la fotografía—. Interrogarlos no hará más que levantar ampollas.

—No creo que nos lo podamos permitir en estos momentos —confesó Rojo—, aunque se me ocurre otra manera atar cabos. Coge las fotos, tenemos que volver a ese bar.

—Estás pidiendo demasiado. ¿Te recuerdo cómo nos recibieron?

—¿Se te ocurre algo mejor?

—Como veas... —dijo Gutiérrez —. De todos modos, me iban a salir almorranas de estar aquí sentado toda la maldita mañana.

Una bandera española ondeaba en lo alto de un edificio. Algún vecino patriota la había colgado sin razón aparente.

El coche se detuvo en un semáforo de la alameda. Al fondo quedaba la infinidad y la ruptura de una perpendicular que apenas se hacía visible. A los lados, bloques de edificios que ocupaban el ensanche y recordaban a ese viejo juego soviético de unir piezas para evitar su colapso.

—Patria —dijo Gutiérrez a su lado, mirando a la bandera moverse con el viento que soplaba—. Así también hago yo patria, desde el balcón. No te jode…

Rojo aguardó y no entró en el juego. El trabajo de los agentes nunca comulgaba con los ideales de la bandera que llevaban en el brazo. Rojo no se cuestionaba su vínculo con aquella bandera, ni tampoco la historia que existía detrás y el trabajo que desempeñaba sirviendo a su país. Sin embargo, no siempre era sencillo y era fácil caer en la duda, preguntarse si merecía la pena tanto esfuerzo a cambio de nada. A diferencia de él, para Gutiérrez, el enemigo era todo aquel que iba en contra del cañón de su pistola. Todo aquel que desafiaba a lo que él consideraba justo. Límites que, una vez sobrepasados, no aceptaban perdón. Gutiérrez era un perro de caza, un esbirro sin miedo a defender lo indefendible y, sobre todo, una caja de sorpresas tan peligrosa que había que observar con detalle y desde la distancia.

Rojo siempre pensaba que si Gutiérrez no hubiese entrado al cuerpo, habría recorrido el país vestido de cuero y saqueando pensiones de carretera con una pandilla de motoristas.

Las calles del barrio de Los Barreros cobraban la normalidad de un distrito obrero, inanimado y lleno de secretos. Los policías abandonaron el vehículo a escasos metros de la puerta del bar Rafael, ante la mirada de la clientela y un propietario incómodo.

Al ver a los agentes, algunos de los parroquianos optaron por salir de allí. Nadie quería verse atrapado en una tela de araña de preguntas y chantajes. La policía no solía tener correa con quienes tenían la mano suelta y bastaba con verles el rostro para leer sus pecados.

—Vaya, vaya, la ley ha vuelto... —dijo el propietario con un palillo en la boca, un chato de vino y las manos extendidas sobre la barra metálica.

Jugaba en su territorio y eso no le gustaba. Con paso confiado, los agentes entraron en el bar y tomaron asiento sobre los taburetes—. ¿Han venido a llevarme?

Rojo pasó revista con disimulo y avidez. Por la radio sonaban coplas y tres hombres mayores jugaban al dominó en una esquina. Identificó a algunos chorizos más jóvenes, de aspecto similar a los que últimamente se había dedicado a perseguir. Nada que resaltar, no estaban allí para eso.

—Motivos no nos faltan... —respondió Gutiérrez—, pero hemos venido para hablar de otro asunto.

El hombre rio y tosió con voz cazallera y cancerígena.

—Será una visita corta —dijo Rojo y sacó el recorte de la revista con la fotografía de los sospechosos—. ¿Reconoce a alguien aquí?

Rafael tocó la fotografía con unos dedos sucios y descuidados.

—Quién sabe... —dijo.

—¿Está de broma? Porque no estoy de humor —contestó Gutiérrez.

—¿Tienen una orden?

—No. No necesitamos una para interrogarle.

—Pues este bar sigue siendo mío —explicó el hombre—. Si quieren respuestas, yo también quiero algo a cambio.

—¡Será hijoputa! —bramó Gutiérrez.

Los pensionistas se giraron.

—Oiga, un respeto, señor inspector. Yo no le he *faltao* a *usté*...

—¿A cambio de qué? —preguntó Rojo.

—Que se larguen y nos dejen tranquilos —dijo el hombre con voz seria gesticulando con la mano—. El barrio está *preocupao, s-a-a-a-ben*, agentes... Me están espantando a los clientes y a ver qué le digo a mi santa señora, *s-a-a-a-ben*...

Rojo y Gutiérrez se miraron.

—Está bien —contestó Rojo y le acercó de nuevo la foto—. Ahora responda a la pregunta.

El tipo apartó la fotografía con otro desprecio.

—¿Esto qué es? —Preguntó desafiante—. ¿Los pintamonas estos de los romanos?

—Barajamos todas las posibilidades —dijo el inspector más joven.

—¿Siguen buscando al culpable, *verdá*?

—Limítese a responder a lo que se le pregunta —contestó Gutiérrez.

—Lo siento por el zagal, pero ese mamón se llevó lo que se merecía.

Rojo puso atención a lo que decía. Sus palabras rebosaban de rabia y resentimiento.

—¿Se refiere a Avilés? ¿El profesor de instituto?

—Yo no he dicho ná, ni tampoco vi *ná de ná* —rectificó echándose hacia atrás. Después bajó el tono de voz y las arrugas se presentaron en su frente—. Aquí, el único que si vio *argo* está ahí, en la *esquinica*. Vive en la casa que hay en frente. Su madre murió hace unos años. El chaval vio lo que pasó.

—¿Cómo le llaman? —Preguntó Rojo.

—El aladroque.

—¿Por rápido? —Preguntó Gutiérrez.

—Por bocazas.

—Ya me extrañaba a mí... —dijo Gutiérrez acariciándose el bigote.

El índice del hombre apuntaba a un rincón que Rojo había obviado. En una mesa, un joven de cabello oscuro y lacio, vestido con una chaqueta vaquera, devoraba un bocadillo de magra con tomate frito y una cerveza mientras leía la prensa del día.

Las miradas cayeron sobre él y no tardó en sentir el aleteo de los buitres sobre sus hombros. Gutiérrez levantó el trasero del taburete, dispuesto a acercarse al chico.

Sigiloso, Rojo se abría paso entre las sillas de las mesas.

Estaba acorralado, como una presa fácil, pero ambos agentes sabían que las apariencias nunca eran de fiar.

Una mesa voló por los aires. Fichas de dominó cayeron al suelo junto a varias sillas. Cristales rotos, uno de los jubilados en el suelo y el taburete de Gutiérrez impactando contra la pared de azulejos. Tanto jaleo llamó la atención de los vecinos de la calle. El propietario del bar se echaba las manos a la cabeza arrepintiéndose de haber negociado con los inspectores.

Como un puma, el chico salió por la puerta del bar antes de que Rojo pudiera atraparlo con sus garras. El inspector salió tras él y corrió calle arriba.

—¡Alto, policía! —Gritó sin éxito ante un joven experimentado en huidas. Pero, ya fuera la suerte o la casualidad, un motorista derrapó en uno de los cruces, llevándose consigo al muchacho a ras de suelo.

Lastimado, se puso en pie como pudo sintiendo la sombra del perseguidor, cuando un fuerte puño impactó contra su rostro.

—¡Ah! —Exclamó con dolor y sorpresa, tapándose la cara con las manos y cayendo contra el asfalto como un héroe abatido.

Gutiérrez estaba frente a él, jadeando como un perro satisfecho y a punto de propinarle un segundo golpe si se movía. Rojo se apoyaba sobre las rodillas mientras recuperaba la respiración. No entendía cómo su compañero había alcanzado al sospechoso, pero su eficacia había resultado crucial.

—¿A dónde ibas tan rápido, majadero? —Preguntó con voz fuerte el inspector. Agarró de la oreja izquierda al chico y apretó con fuerza.

Se escuchó otro grito desolador.

En la calle, nadie quería ser partícipe de aquello y todos miraban, aunque impasibles y rezagados como si no sucediera nada—. ¿No te han dicho que correr es de cobardes? ¿Qué hacías huyendo de nosotros? ¿Eh?

¡Responde, coño!
El joven se ahogaba en su propio lamento.
—¡Yo no he hecho nada!
—Eso dicen todos… Mejor nos ahorramos las presentaciones y nos acompañas al coche.

12

Sin pruebas ni una orden para detener a ese joven, poco podían hacer los inspectores si no deseaban que Del Cano los llamara, por enésima vez, a su despacho. Por suerte, el apodo hacía justicia y, en el interior de un callejón del barrio, a escasos metros del mar, el pequeño boquerón no tardó en contar todo lo que había visto antes de que le dejaran correr hacia el abismo. Gutiérrez empleó métodos de cuestionable ortodoxia y el chico identificó con temor a uno de los hombres de la foto.

—Me matarán —repetía cada dos frases, a lo que Rojo respondía que no le harían nada.

Como los inspectores supusieron desde un principio, el crimen había sido premeditado y perpetrado a sangre fría. Empero, a diferencia de lo que creyeron en un primer momento, El Mechas había sido el autor de las puñaladas, por mucho que les pesara y para desgracia del padre del chico.

Fin del asunto.

Poco había que hacer ya con él.

Trampa o descuido, no se escaparía de la cárcel ni con el mejor abogado.

Acorde con la descripción del joven, un segundo varón corpulento de cabello corto y rubio le acompañaba vestido de negro, dictándole cómo debía proceder al asesinato. Entraron en la vivienda tras tocar la puerta y ser atendidos por la mujer fallecida. Después, bajo las órdenes del desconocido, El Mechas se encargó de cada víctima. Finalmente, el hombre de negro tomó el arma homicida, se subió al vehículo que había aparcado en la puerta y dejó al cómplice en el interior de la casa.

Todo y nada.

Un testimonio, tan válido como las teorías que elucubraban los agentes.

Un cómplice al que no se podría culpar sin una investigación oficial que la respaldara.

La descripción del sujeto se asemejaba al perfil de uno de los mozos del grupo que Gutiérrez había logrado identificar. El Ford Orion de color azul marino y matrícula de Murcia encajaba con el registro del propietario del vehículo, Luis Ricarte, cartagenero de pura cepa, treinta y un años, padre de un niño de ocho y guardia jurado de unos grandes almacenes.

Como su hermano mayor Ambrosio, Luis Ricarte formaba parte de esa extraña fotografía en blanco y negro con hombres vestidos de romano.

Una brecha en el muro, una apertura por donde empezar a picar, aunque con suficientes lagunas para echarse atrás. Sin el apoyo de los superiores y con una caza de villanos a escondidas, no estaban en condiciones de dar explicaciones hasta que no resolvieran el caso.

—Creíble, aunque no tiene ningún sentido —dijo Gutiérrez en el interior del vehículo mientras conducían de vuelta a la comisaría—. Ese cabrón se va a ir de rositas. A veces me pregunto por qué nos meteremos en estos jardines, Rojo.

El oficial sonrió. Ambos ya tenían la respuesta.

—Te recuerdo que fuiste tú quien puso tanto empeño... —contestó el inspector tras una carcajada cómplice—. No lo sé... Tengo la sensación de que estamos arrimando el morro donde no debemos... pero supongo que es lo mejor que nos puede pasar, antes de verle la cara a Pomares todos los días.

—En eso, te daré la razón… —dijo Gutiérrez animado—. ¿Por qué harían algo así?

—Motivo, medio y oportunidad —contestó el compañero con ambas manos sobre el volante—. Lo que está claro es que se nos escapa un elemento de la ecuación.

—El medio es el joven detenido. La oportunidad, un asalto nocturno. El motivo… no puede ser el dinero.

—Tampoco creo que sean los celos —dijo Rojo con sorna—. Sigue pensando, Gutiérrez.

—Ni el profesor ni su mujer tenían antecedentes… Tampoco parecían llevarse mal con nadie. ¿No te enteraste del homenaje?

—¿Y tú crees que eso es normal?

—Aparentemente… Hay gente buena por el mundo, Rojo.

—Hay más desgraciados. ¿Desde cuándo te has vuelto tan optimista? —Preguntó desafiante—. La visita de tu hija te está ablandando.

Gutiérrez pareció ofenderse con la respuesta.

—Te lo digo porque lo he visto con mis propios ojos. Sé de lo que hablo.

—Nunca puedes fiarte de un solo sentido —replicó Rojo—. Ni siquiera de los cinco. Puede que ahí resida la incógnita que hemos ignorado todo este tiempo. Entender qué unía al profesor Avilés con los otros dos aunque, aparentemente, no les uniera nada.

Registros, direcciones, propiedades y un puñado de documentos ocupaban espacio en las mesas de los inspectores, sin importarles el riesgo que ello pudiera conllevar. Con Pomares fuera de la oficina durante unos días por asuntos propios, podían tomarse la libertad de hacerlo. Las preguntas se cruzaban a toda velocidad por las mentes policiales mientras que Gutiérrez tachaba en un bloc de notas todas las hipótesis descartadas y amontonaba las colillas en un cenicero de aluminio.

No hizo falta esperar mucho para que las pesquisas les llevaran a la primera conexión entre Silvio Avilés, profesor de Física y Química del instituto público Isaac Peral, y Luis Ricarte. El docente había sido tutor del guardia jurado durante los últimos años de enseñanza, camino que abandonó para empezar a trabajar en unos almacenes de congelados. Era un buen punto de partida, suponiendo que Ricarte tuviera motivos necesarios para vengarse de su antiguo profesor.

—¿Y qué pasa con el otro? —Preguntó Rojo.

—¿El quinqui ese? A saber… Pero me parece una barbaridad que nadie se haya molestado en ahondar en esta historia. ¿Con qué razón vamos a detener a este tipo?

—Probándolo —sentenció Rojo—. Hasta entonces, no podemos hacer más.

Varias horas después, cuando el café ya no surtía efecto y las neuronas comenzaban a apagarse, Rojo tiró uno de los expedientes sobre la mesa para poner punto y final a la jornada. Estaba exhausto y necesitaba un poco de aire.

Desde su mesa, pudo comprobar que su compañero sentía lo mismo. Le apetecía tomar una copa, o quizá tres. Hacía tiempo que no cenaban fuera, que no hablaban como en el pasado. Su relación con Elsa tenía cierta parte de culpa en todo aquello, un sentimiento que Rojo no supo gestionar bien, cerrándose hacia sus adentros. Le hubiese encantado irse con él y seguir hablando del asunto entre raciones y bebida, pero tenía planes y Gutiérrez no entraba en ellos. Además de encontrar al culpable de esa atrocidad, debía resolver otras cuestiones pendientes con su vida amorosa. La inestabilidad emocional de Gutiérrez durante los últimos días podía ponerle en peligro o, al menos, desajustar lo que ya había organizado para la velada.

Ya lo había demostrado en el bar.

—Será mejor que lo dejemos por hoy —dijo dándole el último trago a un café en vaso de cartón ya frío—. Mañana lo veremos con otro color.

—¿Estás seguro?

—Sí.

Gutiérrez miró a su compañero.

—Está bien, puede que tengas razón —dijo y se desperezó en la silla—. ¿Has vuelto a quedar con ella?

Rojo levantó las cejas. No quería que supiera la verdad.

—¿Con Elsa? No.

Gutiérrez asintió lentamente con la cabeza, como si no le creyera. Aguardó unos segundos en silencio.

—Entonces, vayamos a tomar unos quintos. Nos los hemos ganado.

—Pensé que tu hija seguía aquí.

—Y sigue, pero ha quedado con una amiga que vive en Murcia. Se ha llevado el coche.

—Tampoco sabía que tuvieras coche…

—Hay muchas cosas que no sabes, Rojo —dijo con mofa—. Si acaso preguntaras… Bueno, qué… ¿Nos vamos? Se me seca la garganta.

—No, hoy no puedo.

Gutiérrez no recibió la respuesta con agrado.

—Ya… Entiendo.

Rojo observó a su compañero. Parecía decepcionado.

—Mejor mañana, ¿vale?

Pero el otro no respondió.

Por mucho que lo sintiera el policía, debía quedarse fuera.

A veces, existían asuntos propios que iban más allá de la amistad. Involucrarle a él, sólo arruinaría las cosas más de lo que ya lo estaban. Con Gutiérrez de acompañante, lo más probable es que su velada terminara entre cristales de botella rotos, sangre y pocas conclusiones. Algún día lo entendería, se dijo Rojo y caminó hasta la salida.

Tras despedirse de los funcionarios que seguían trabajando, vio su coche a lo lejos y palpó la tarjeta que Elsa había dejado en la cocina. Comprobó de nuevo el nombre de la discoteca y la dirección que había en el reverso.

Se preguntó si lo habría hecho a propósito, si era otro de sus misteriosos trucos para volver a ella, pero la esperanza se desvaneció al recordar el interior de la billetera vacía.

Sea como fuere, encontraría una respuesta en aquel lugar.

13

La casa olía a colonia y a gel de ducha. Se sentía extraño, aunque listo para hacerlo. A diferencia de Bruce Willis, Rojo era un hombre ordenado en cuanto a higiene: le gustaba ir perfumado, llevar ropa limpia y el rostro rasurado. Por desgracia, los últimos meses se habían parecido más a los del actor americano en una secuencia en bucle.

Por la radio sonaba Lucretia, *My Reflection* de The Sisters of Mercy y el oficial movía el mentón al ritmo de la batería de la canción mientras se abotonaba los vaqueros. Los noventa eran años en los que el rock de The Cure, las chaquetas de cuero y las botas negras todavía se podían encontrar en las salas, una época en la que la electrónica y la cultura de club anglosajona le había ganado terreno a las guitarras que habían arrasado durante más de veinte años. Aunque eran los valencianos quienes empezaban los viernes para acostarse el lunes a ritmo de música máquina, drogas de diseño y discotecas abiertas setenta y dos horas, los murcianos también eran partícipes de la moda que arrasaba el país. La discoteca Ritmos era una de las cunas de la electrónica en la región.

Entrada la noche, condujo hasta el centro de la ciudad y aparcó el Citröen BX en un callejón cercano a la catedral de Santa María Mayor. Estaba oscuro, poco transitado, pero Rojo no tenía miedo a las calles solitarias. Después caminó pendiente abajo junto al histórico Teatro Romano que habían descubierto unos años antes, tras una expedición arqueológica. Gracias a éste, la ciudad sacaba a relucir el patrimonio que habían dejado en el pasado sus habitantes, olvidándose de las desgracias y el desamparo que la crisis económica había instalado en los habitantes.

Por un momento, miró hacia arriba y observó las gradas del anfiteatro.

Era hermoso, imponente, a pesar de que todavía quedaba mucho trabajo por hacer para ver el resultado final. Las ruinas del pasado no eran tan distintas a las grandes construcciones de su época. La humanidad no había cambiado tanto y pensó que los romanos hubieran jugado también al fútbol de haber existido este deporte. Mientras unos buscaban el modo de escapar de sus rutinas diarias, otros seguían acechando las cloacas para que la calma reinara entre todos.

Bajando por la estrecha calle Cuesta de la Baronesa, entre fachadas de colores, balcones decimonónicos y paredes de piedra, a lo lejos vio la entrada de la discoteca. Era pronto, casi las doce. En la puerta merodeaban algunos jóvenes con ganas de fiesta que empezaban la noche fumando hachís.

El oficial estaba expectante por saber qué encontraría dentro. Había dejado el arma en casa y no llevaba identificación. Por cosas como esas, mejor ir sin Gutiérrez. Era un hueso duro de roer y jamás salía de casa desnudo.

Cruzó la entrada sin llamar la atención de quienes aguardaban bajo la luz y encontró una sala casi vacía, grupos de jóvenes pidiendo copas en vasos de tubo en la barra, un pinchadiscos y varios bailarines sobre plataformas. La música electrónica era desagradable para los oídos del policía, que no salía del rock clásico y lo que ponían en la radio. Sin embargo, sabía que sería peor a medida que se llenara de más gente.

Caminó hasta la barra y un camarero con tupé y camisa con dibujos aztecas le sirvió un whisky con refresco de cola sin rechistar. Rojo no tardó en ver en su rostro que el empleado llevaba varios días trabajando sin apenas dormir, y que amortiguaba los excesos con algo más que ginseng. Pagó el trago, miró a su alrededor, dio un sorbo y maldijo al empleado.

—¿Pasa algo? —Preguntó mosqueado al ver la expresión del inspector.

—Este whisky sabe a mierda. ¿Qué cojones me has puesto? ¿Diesel?

El camarero se encogió de brazos y señaló a la botella.

Sus muertos, dijo el policía.

Era alcohol de garrafón, del peor que podía existir. Una práctica ilegal que hacían todas las discotecas rellenando las botellas de marca. A ciertas horas de la noche, nadie era capaz de apreciarlo.

El oficial dejó el vaso y pidió una cerveza. Llevaba demasiado tiempo sin salir de marcha.

Mientras la malta le hacía olvidar el sabor del destilado anterior, Rojo echó un vistazo a los bailarines, repartidos entre chicos y chicas, y no pudo evitar pensar en el pasado, en lo que había sucedido unos años antes buscando a esa chica, en cómo todos esos jóvenes, que buscaban un trabajo para salir del paso, eran siempre tentados a tomar el camino equivocado por una suma de billetes azules. No obstante, aquel lugar era diferente, o eso parecía. A pesar de las irregularidades visibles con las consumiciones, la potencia del sonido y los permisos que probablemente no tendrían, la discoteca no apestaba a tapadera.

Sin darse cuenta, la sala se llenó en cuestión de una hora, tiempo suficiente para que Rojo terminara el botellín, se fumara dos cigarrillos y averiguase cómo se accedía al almacén, a la salida de emergencia y cómo largarse de allí en caso de problemas.

El volumen de la música aumentó y los camareros que había tras la barra se multiplicaron. El inspector pensó que debía ser una fiesta especial o que alguien se había encargado de invitar a toda esa gente antes de hora. Aprovechando el momento en el que la confusión de las luces reinaba y los cuerpos se movían a ritmo de máquina, Rojo abordó, desde abajo, a una de las bailarinas. En un primer momento, la chica fingió no verle por estar concentrada en la música. Entonces, el inspector le agarró de una pierna. La chica se detuvo.

—¿Qué haces, tío? ¡Estoy trabajando!

—Busco a Manolo —dijo Rojo mirándola a los ojos—. ¿Sabes dónde está?

—¿Y a mí que me cuentas?

—¡Manolo! ¡El jefe!

La bailarina buscó como un faro a uno de los matones que daban vueltas por la sala.

—¡Estoy trabajando! ¡Acho, déjame!

Sin éxito, Rojo se volvió cuando una mano le agarró por fuerza del bíceps. Todo sucedió rápido y apenas pudo evitar la embestida. Prefirió no oponer resistencia.

—¡Las manos quietas! —Dijo el segurata, vestido de negro y con un tórax como la puerta de entrada—. No molestes, ¿entendido?

—Busco a Manolo —respondió el policía.

—¿Y tú quién eres?

—Dile que soy Rojo.

Las palabras iluminaron con un destello las pupilas de aquel tipo. Sin dejarlo marchar, le apretó el brazo y lo arrastró hacia una salida trasera. Luego, sin explicaciones, el matón lo empujó a la calle y el policía cayó sobre unas cajas de cartón que apestaban a rancio. Después, la puerta se cerró.

—¡Mierda! —Gritó a viva voz. El callejón era estrecho y sin salida. Había dos contenedores de basura, una farola que alumbraba débilmente la calzada y la música del interior retumbaba sobre las paredes. No entendió qué había hecho mal, pero tenía que salir de allí y volver a intentarlo. Tomó impulso y saltó contra la entrada dando una fuerte patada. De pronto, la puerta de hierro se abrió de nuevo hacia dentro y el empleado de seguridad salió a la calle. Junto a él, otro hombre de aspecto similar y Manolo, el novio de Elsa, aquel desgraciado con quien la había encontrado en el hipermercado.

—Vaya, el señor inspector… —dijo con voz chulesca. Rojo entendió que Elsa se lo habría contado todo—. Si querías concertar una cita, tenemos un teléfono de contacto. ¿Qué puedo hacer por ti?

Rojo estudió la situación. Tres contra uno. En el mejor de los casos, se iría a casa con las costillas rotas. Debía moverse con cuidado.

—Por mí, nada. Por Elsa. Quiero que la dejes, que termines con ella.

El propietario de la discoteca dio un paso al frente y sus dos hombres se quedaron atrás riéndose. Era una imagen tétrica y amenazante. Los dos tipos parecían barras de carne embutida cargadas de anabolizantes.

Manolo, con su tez tostada, mirada oscura y la melena recogida en una cola de caballo, avanzó seguro de sí mismo hacia el policía.

—¿Eres su padre? —Preguntó arqueando la cabeza—. Déjala en paz, ya no es una niña.

—Has sido tú, ¿verdad? Quién la ha metido en toda esa mierda…

—Date el piro, madero. Ella sabe lo que quiere y no es a ti.

Sin permitir que terminara la frase y guiado por el enojo que le corroía, Rojo agarró del antebrazo al empresario sin pensar en las consecuencias. Antes de propinarle un puñetazo, recibió un golpe seco en el pómulo derecho, tirándolo hacia atrás, otra vez, sobre las cajas. Dolor y rabia. Rojo aceptó su final. El chico sabía pelear.

Los dos gorilas salieron en busca del policía, pero el jefe les ordenó detenerse.

—No vuelvas por aquí.

—¡Te voy a matar, cerdo hijo de perra! —dijo el

inspector tocándose el rostro—. ¡Como le pongas la mano encima otra vez, te juro que te mato!

Pero nadie respondió a sus amenazas.

Sonó un fuerte golpe, la puerta se cerró y los tres hombres desaparecieron.

14

Un final desastroso y un pómulo inflamado era el resultado de una estrategia más pasional que heroica, poco calculada e impropia de él. Con resignación, Rojo no tuvo otra opción que recomponerse a pesar de la impotencia, abandonar el callejón y recobrar el sentido de la orientación para llegar a su vehículo.

Elsa, repetía hacia sus adentros mientras se acercaba al coche.

La cara le dolía un infierno y necesitaría algo más que una bolsa de guisantes congelados para aplacar la hinchazón.

Miró al reloj del coche, era la una y media de la madrugada y Félix habría cerrado el bar horas antes. Lo último que quería era encerrarse en su apartamento para terminar con las botellas que guardaba para cuando tenía un mal día. Por desgracia, con las pintas que arrastraba, no tenía muchas más opciones. Se subió al vehículo y no se molestó en encender la radio. La herida del pómulo ardía como una quemadura y le impedía pensar con claridad.

Elsa, repetía mientras imaginaba el rostro de esa mujer, pensando en dónde se habría escondido de nuevo, inconsciente de su obsesión por ella.

Las calles estaban tranquilas a excepción de algunos que conducían a toda velocidad aprovechándose de la ausencia de tráfico y policía. Cartagena no era Madrid y conducir por el paseo Alfonso XIII a esas horas era como hacerlo por un escenario ficticio.

Pero, esa noche, algo sucedió.

A medida que se acercaba al cruce que lo llevaba a su domicilio, encontró luces, sirenas y coches patrulla aparcados en doble fila. Parecía haberse montado una buena en el interior del cine que llevaba el mismo nombre de la calle. La entrada principal estaba iluminada y Rojo pudo identificar el uniforme de sus compañeros moviéndose por el interior del recinto. De pronto, por accidente, se topó con la silueta de Gutiérrez junto a la taquilla. Sin vacilar, aparcó junto a un árbol y corrió hacia la entrada del edificio. Gutiérrez, que fumaba mientras hablaba con el conductor de la ambulancia, se despidió bruscamente para detener el paso a su compañero.

—¡Eh! ¡Quieto! ¡Quieto! ¿Qué haces aquí? —Preguntó agarrándole del brazo y apartándolo unos metros de la entrada—. Tienes que largarte a tu casa… ¿En qué follón te has metido esta noche, Rojo?

—¿Qué demonios ha pasado ahí dentro?

—Mañana te lo contaré, ahora no podemos hablar. Será mejor que no nos vean juntos… y menos con la facha que llevas —explicó—. Se ha producido otro homicidio, durante la última sesión de la noche. Todavía no me han dejado acercarme a ver el cadáver, Del Cano se ha molestado en llamarme personalmente para que viniera.

—¿Qué pasa conmigo?

—Que eres un chulo y te parten la cara cuando vas solo… —dijo con burla—. No me ha comentado nada de ti… No te preocupes, te habrá llamado, pero no estarías en casa. Aún así, mejor que no nos relacionen con el caso… Esto se ha puesto feo, el alcalde tiene las pelotas de corbata con una segunda víctima en menos de una semana y pronto rodarán cabezas si los buitres de la prensa se enteran… Lo peor, es que todo apunta a que también haya sido planeado.

—Mismo modo de operar.

—Parecido, a simple vista… —dijo pensativo—. Veremos qué dice el forense. Como coincida el corte… me temo que reabrirán el caso.

—Pomares… —dijo Rojo—. Se avecina tormenta en la comisaría.

—Y de las gordas —respondió moviendo la mano—. Anda, descansa, ponte algo antes de parecer un boxeador fracasado y nos vemos mañana en el bar de tu casa, antes de ir al trabajo.

—Una última pregunta… ¿Alguien vio al sospechoso?

Gutiérrez miró a su alrededor para asegurarse, por enésima, que nadie los observaba.

—Sí, pero no era rubio ni corpulento —dijo—. No somos tan listos como pensábamos, Rojo. Nunca lo hemos sido.

Los espectadores de la sala 3 del cine Alfonso XIII disfrutaban de Clint Eastwood en su papel de escolta en En la línea de fuego hasta que un ligero corte del rollo de la cinta interrumpió la escena en la que John Malkovich pretendía disparar al Presidente de los Estados Unidos. La pantalla se quedó en negro, se escuchó un murmullo y alguien gritó para que lo arreglaran, pero era demasiado tarde para hacerlo. Cuando un enfurecido cinéfilo de cuarenta y tres años abandonó la sala para entender qué ocurría, chocó de frente con un hombre de cabello oscuro y ropa de color negro que corría en dirección contraria a la suya. Insatisfecho, continuó su propósito, concentrado en el malestar contenido, en busca de una explicación. Para su sorpresa, la película quedó a un segundo plano cuando encontró el cuerpo del hombre que cambiaba los rollos de película en el suelo, sin vida y sobre un enorme charco de sangre.

Un final propio de película.

El cine hecho realidad.

Aquel fue el testimonio que Gutiérrez reprodujo palabra por palabra junto a una mesa del rincón, mientras que Rojo se tomaba el segundo café de la mañana en el bar Dower's.

La inflamación del rostro parecía haberle bajado pero, a pesar de ello, presentaba un aspecto deplorable. Había pasado una noche horrible, frente al televisor y con una caja de varitas de pescado congelado sobre el pómulo.

A las ocho de la mañana, el bar gozaba de actividad, el ruido de las máquinas no cesaba y el alboroto de los clientes llenaban de vida el local.

—El proyeccionista —dijo Rojo con desaire—. ¿Quién mata a un empleado del cine mientras trabaja? Esto no tiene pies ni cabeza, Gutiérrez.

—Sí que los tiene, pero todavía no se los hemos

encontrado —contestó—. Debemos darnos prisa, Rojo… Del Cano quiere encargarse personalmente del asunto, delegando responsabilidades en Pomares.

—De puta madre…

—¿Qué esperabas? Que no le caes bien, tampoco es una novedad.

—¿Qué te ha dicho tu amigo el forense?

Gutiérrez metió la mano en el interior de la chaqueta y sacó un paquete de tabaco arrugado. Se puso un cigarrillo en los labios y le ofreció uno a su compañero. Rojo rechazó la invitación. La boquilla se movía entre sus labios y rozaba los pelillos del bigote como el coche que entraba en un lavadero automático.

—Nada, de momento nada, pero debemos tirar por lo que tenemos —insistió—. El mal ya está hecho y, tanto tú como yo, sabemos que esa cucaracha no se mueve sola.

—¿Has averiguado algo? Aunque sea una relación…

—Por esa razón estoy aquí —contestó con misterio—. De primeras, no existe una conexión entre Avilés y el tipo al que han matado. Según lo que escuché anoche, llevaba poco tiempo trabajando como operario y era de buena familia, algo que rechina viendo el puesto que tenía… Reservado, pero simpático. Cordial, educado y puntual. No había dado ningún problema en todo este tiempo, tampoco sabían mucho de él… Bueno, sí, que antes había estado viviendo en Valencia, unos años antes.

—Tú tienes colegas allí, seguro que te pueden contar algo.

—Ya lo han hecho —dijo con voz confiada—, aquí viene lo bueno… Hace siete años sufrió un accidente de coche en el trayecto que va de Valencia a Cartagena. Él se fracturó unas costillas, pero la chica que conducía el otro vehículo murió. El examen de estupefacientes dio positivo y poco más tarde le imputaron por tráfico de drogas de diseño. Sin embargo, después de aquello, hay una bruma espesa que impide saber más, supongo que cosa de los abogados, del dinero de sus padres y vete tú a saber qué.

—¿Qué relación tiene el profesor en todo esto? —Preguntó Rojo desconcertado. El golpe le impedía atar los cabos con lucidez—. Me temo que esta mañana me cuesta razonar...

—Entre Avilés y el susodicho ninguna —dijo Gutiérrez y sacó dos fotografías del interior de su chaqueta. Era como si allí dentro se pudiera esconder cualquier cosa—. Éste es Carmelo Antón, el proyeccionista.

En la foto de carné aparecía el rostro de un hombre con melena morena al cazo, raya en medio, gafas de concha, piel pálida y acné marcado. Tenía el aspecto de alguien que pretendía ser eternamente joven.

—Menudas pintas —dijo Rojo.

—Otro pasado de rosca —comentó el compañero—. Pronto enviarán a alguien para que inspeccione el apartamento, si no lo han hecho ya. Del Cano quiere llevarlo con máxima discreción. Mira tú que si descubren que el quinqui ese no lo hizo solo... No sé, Rojo... Tal vez debieras hablar de nuevo con el padre del chico, a ver si te cuenta algo.

—Un cuento, eso me va a contar.

Gutiérrez se rio, pero a Rojo no le hizo ninguna gracia.

Dos crímenes que no tenían relación alguna. Tres cadáveres, un detenido y otro por atrapar. Dos investigaciones paralelas en una carrera donde el mejor se llevaría el trofeo. Un tren a toda velocidad a punto de descarrilar. La hora de renunciar y bajarse o seguir hasta el final había llegado. A partir de esa mañana, cualquier paso podría estar bajo supervisión. Un fallo, un paso en falso y estarían en la ruina.

Sin embargo, si algo le molestaba de todo aquello a Rojo, razón suficiente para continuar con la investigación, era que Del Cano no contara con él para la investigación.

Así era él. Además de su obsesión por Elsa, tenía un ego descomunal.

Dubitativo, miró al hombre que aguardaba delante. Por un momento, se cuestionó cuánto sería capaz de hacer por él.

—Seguimos en esto juntos, ¿verdad?

Gutiérrez tensó el semblante, pero estaba bromeando. Levantó la mano y le asestó una palmada en el hombro al inspector.

—Pues claro, Rojo… —respondió con voz firme—. Principios, que no se te olvide… Y, ahora, cuéntame de qué bar te sacaron anoche.

15

Tenía sus dudas. No estaba seguro de que aquella fuera la solución, de que Gutiérrez le traicionara como un guardia pretoriano, pero no le quedaba otra alternativa que dar un paso ciego de fe si quería llegar al fondo del asunto.

Descolgó el teléfono y marcó el número de Ramiro Ruiz, aquel hombre de manos raídas y secas que se había presentado una mañana en el bar con la esperanza de que supiera algo de su hijo. No obstante, para su decepción al descolgar el aparato, quién iba detrás de una respuesta era el inspector.

Rojo se citó con él horas más tarde. No había tiempo que perder y era vital encontrar un cable que relacionara a ese montón de nombres desconocidos entre sí.

El encuentro se produjo en el domicilio de los Ruiz: una humilde planta baja de la calle Guipúzcoa, de fachada de azulejos y tejado rojo.

Una vivienda situada en la barriada Cuatro Santos, no muy lejos del hogar de Avilés y su esposa.

Olía a cerrado, a especias para cocinar y a un fuerte olor a carne que se había quedado impregnado en las paredes de gotelé. La familia Ruiz era, ante todo, pequeña. Miguel era el único hijo que tenían, detalle que pudo observar el oficial al encontrar fotos de su niñez repartidas por los muebles del salón.

Junto a una mesa camilla, una mujer de pelo canoso y ensortijado miraba la televisión con el corazón en un puño. Era Fernanda, la esposa de Ramiro y madre del chico que habían cazado. Desde su detención, el esposo le contó al oficial que no se despegaba de la pantalla.

Caminaron hasta un patio interior de ladrillo rojo en el que tendían la colada. La brisa era agradable en aquel silencioso espacio. Después, el hombre invitó al oficial a sentarse al lado de una mesa de porcelana mientras servía algo para beber.

—No, gracias —dijo el oficial rechazando la oferta—. Se lo agradezco, pero no podré quedarme mucho tiempo. Más temprano que tarde, alguno de mis compañeros vendrán a hacerle unas preguntas. Espero que entienda que yo nunca he estado aquí.

El hombre asintió como un alumno hacia su profesor.

—Tiene mi palabra. Agradezco lo que está haciendo —dijo y asintió de nuevo, esta vez para sus adentros—. No saldrá de la cárcel, ¿verdad? Las noticias no dicen otra cosa.

—Siento no poder decirle nada todavía —explicó el inspector—, ni siquiera yo lo sé, aunque me temo que su hijo sí que participó en la muerte de esas dos personas.

—Vaya por Dios —contestó y se echó la mano al rostro—. Pobre Fernanda.

—¿Qué relación tenía su hijo con el profesor Avilés? —Preguntó el inspector—. Según tengo entendido, coincidieron en algunas clases.

El hombre fijó la mirada en el mármol de la mesa.

—Peor todavía —explicó con cara de preocupación—. Fue su tutor. No sé en qué estaría pensando, de verdad…

—¿Por qué no me lo dijo?

—Pensé que no era importante —contestó el hombre.

Rojo se mostró empático por un segundo y no se lo reprochó.

A nadie le gusta hablar más de la cuenta.

—¿Tuvieron una relación más allá de la que tiene un profesor con su alumno?

Ramiro miró al policía como si fuera una página en blanco.

—No tengo la menor idea.

De pronto, las palabras de aquel hombre golpearon en la cabeza del policía. Metió la mano en el bolsillo de su cazadora y sacó las fotografías que había tomado prestadas de Gutiérrez.

—Dice que fue su tutor… —prosiguió y le mostró la fotografía en blanco y negro de los miembros de la Legión de Cayo Lelio—. Por casualidad, ¿no le sonará la cara de alguno de estos hombres?

Ramiro comprobó la imagen con detenimiento. De pronto, Rojo pensó que estaba perdiendo el tiempo. Después, algo sucedió en la memoria del interrogado y sus ojos se abrieron para mover el índice señalando a uno de los sujetos.

—Este chico es amigo de mi hijo —respondió cada vez más preocupado—. Luisito, claro que sí. Jugaban al tenis juntos, sabe… Luego les dio por lo mismo.

—¿Lo mismo?

—Sí —dijo avergonzado—. Lo que hacen todos los jóvenes hoy, ya me entiende.

Rojo guardó silencio, pensó que se equivocaría de persona, confundiéndolo con otro. La mayoría de jóvenes siempre tenían un aspecto similar. Luis Ricarte no había sido un estudiante ejemplar, aunque parecía llevar una vida más ordenada que la de su hijo.

—¿Está seguro de que es él?

—Ya lo creo, estuvo muchas veces aquí —contestó y señaló a un hombre moreno—. Y éste su hermano, el mayor de los tres.

Eso sí que fue interesante.

—¿De los tres?

—Sí, claro.

—¿Sabe si siguen manteniendo el contacto con su hijo?

—No lo creo, lo dudo —respondió apenado—. Los padres de estos chicos lo pasaron fatal, ¿sabe? Perdieron a la hija en un accidente de tráfico, hará ya unos años de aquello…

—En la nacional que viene de Valencia.

—Sí, así es… —dijo el hombre extrañado, recordando el doloroso episodio—. Por esa época, eran uña y carne, mi hijo y el chico… Después de eso, ya no supimos más en casa de Luisito, ni de su familia. Imagine el palo que se llevarían los familiares. Unos padres no pueden cargar con tanto dolor por culpa de un descerebrado… Me entiende, ¿verdad?

Por supuesto que le entendía.

Lamentablemente, ese descerebrado sería difícil de interrogar desde la morgue.

—Por casualidad, ¿su hijo coincidió con Luis Ricarte el mismo año que tuvo a Avilés como tutor?

El rostro del hombre se tensó.

Lo último que deseaba era sacar conclusiones.

—Así es, aunque no directamente… Iban a clases distintas —dijo finalmente—. Santo Padre… No me lo había planteado. Es grave, ¿verdad, inspector?

—Necesito pedirle algo más antes de marcharme —dijo Rojo antes de abandonar la vivienda. El tiempo pasaba rápido y no quería ser sorprendido allí dentro—. Le ruego que no intime en detalles con mis compañeros. A nadie le gusta que se metan en sus asuntos. Tengo su palabra, ¿verdad?

—No sé de qué me habla —dijo y sonrió apenado en el umbral de la puerta.

Rojo miró a su coche y volteó la cara cuando escuchó arrancar el motor de un coche azul que doblaba por el cruce.

No, no podía ser.

Demasiadas horas sin dormir le harían perder la cabeza.

—¿Ocurre algo, inspector?

—En absoluto… Volveré a usted cuando la ocasión lo

permita.

Por fin, un rayo de luz se abría paso entre las nubes.

Ahora había que localizar a los hermanos Ricarte. No podía esperar a contárselo a Gutiérrez.

Identificado al hombre que acompañaba al detenido y al posible autor de los hechos del cine, el rompecabezas quedaba casi resuelto.

Atar los últimos cabos, encontrar la razón de los asesinatos y tenderles una trampa a los dos hermanos para cazarlos en plena acción. No sería fácil, pero contaba con que Del Cano y los suyos tampoco les pisarían los talones. Eran demasiado torpes.

Ni toda la artillería de la comisaría sería capaz de resolver lo que él había logrado en veinticuatro horas.

16

Su compañero no respondió a la llamada.

Para Rojo, la soledad comenzaba a ser una insoportable carga a sus espaldas y la bebida la solución a los dolores musculares que no tener a nadie suponía. Pequeñas victorias, pensó mientras miraba la copa de tubo de cristal con dos hielos y un chorro de whisky. Pequeños triunfos cuales tenía con quién compartir.

La barra del bar era pegajosa y de madera. Las luces de colores daban brillo a un pub horrible y harapiento que ocupaba un rincón de los alrededores de la plaza del Rey. Aunque lo había pensado, optó por dejarse llevar por los senderos de lo desconocido, antes de escuchar el sermón paternalista de Félix y terminar en su casa con una barra de pan congelada entre las manos.

Allí, en aquel antro donde no había dios ni ser viviente que reconociera al policía, podía desahogarse en silencio, en pequeños sorbos, echar de menos a Elsa hasta la saciedad y maldecir a la hija de su compañero.

Estaba celoso e irritado, un comportamiento fácil de entender aunque difícil de digerir. Puede que esa fuera la solución a sus problemas, encontrar a una mujer que lo amara y formar una familia. No sería el primero que se arrimaría a alguien por conveniencia. Como el resto de animales, las personas también estaban hechas para sobrevivir.

Para su pesar, a medida que los vasos de tubo entraban y salían de la barra, la imagen de esa mujer se hacía más vívida. Era complicado deshacerse de ella, sobre todo, tras haberla tocado y sentido bajo sus sábanas. En el interior de su alma, sabía que Elsa tenía buenas intenciones, que se había acercado a él porque todavía quedaba amor entre los dos y porque Rojo era el único hombre que había sabido tratarla con decencia. Sentimientos que se mezclaban con el hurto, con la forma en la que había desaparecido meses antes de su vida, una mañana cualquiera, como días atrás, preocupándole de haberla perdido, en un primer momento, y rompiéndole el corazón en pequeños pedazos más tarde.

Elsa era la mujer fatal de la que cualquier hombre de coraza con un balazo en el corazón se enamoraba. Audaz, sabía cómo seducir sacando tajada, cómo convencer con una sola mirada, y era capaz de lograr lo que deseara, hasta obtenerlo, para después aburrirse y seguir caminando.

Elsa era tan inteligente que los hombres que perdían la cabeza por ella creían ser los lobos y no las ovejas. Pero no era así, nunca era así.

Borracho y tambaleante, pagó la última copa y decidió que había llegado el momento de regresar a casa. Al cruzar la penumbra del local, se dio de bruces con la realidad de la noche: la plaza del Rey rebosaba de una amalgama humana formada por universitarios, militares y marinos que buscaban un rincón en el que divertirse. Todavía era capaz de mantenerse en pie, aunque las piernas le pesaban y sentía un regusto amargo en la boca. Había aparcado cerca de la discoteca Ritmos, pero fue lo suficientemente inteligente para evitar ese lugar. No le traería más que problemas: la probabilidad de que algún teniente lo reconociera, otro pómulo roto y una resaca de órdago.

Como un harapo, se arrastró por los callejones evitando a la muchedumbre para mezclarse con las sombras hasta llegar a la plaza Juan XXIII, cruzar el solar de la antigua lonja y llegar hasta su calle. Por el camino, no le faltaron comentarios sobre su estado etílico, intentos de robo que caían tras las miradas al descubrir su peligro; grupos de jóvenes cabezas rapadas, vestidos con chaquetas de aviación y botas militares, y las invitaciones de algunas fulanas que volvían al barrio chino después de la faena.

—Hola, guapo —dijo una mujer vestida con minifalda de cuero, medias de rejilla, labios carmín y peluca negra. Rojo se detuvo y echó los hombros hacia atrás—. ¿Quieres pasar un buen rato?

—Eres demasiado mujer para un tipo como yo —dijo con la mirada agotada y sonrió. Presa fácil, pensó ella, y puso su mano sobre el pectoral del policía.

—Ni que fueras un poli, anda. Pareces un buen mozo... Venga, vamos a divertirnos un poco guapetón...

Rojo la agarró por la muñeca y apretó con fuerza. De pronto, la desconocida se horrorizó.

—Te equivocas de príncipe, Cenicienta —contestó y apartó la mano.

Ella retrocedió.

—¡Vete al cuerno, mamarracho! —Exclamó la mujer y caminó en dirección opuesta a la del inspector. Rojo siguió su camino y el ruido de los tacones se perdió en la distancia. Había tenido suerte de encontrarse con él, pensó, pues podría haber tenido un triste final. Los aledaños del casco antiguo de la ciudad era una gran madriguera de ratas dispuestas a morder a todo aquel que le tendiera la mano. Y no parecía haber vuelta atrás.

Una vez hubo llegado al portal del edificio, vio a lo lejos el letrero apagado del bar Dower's y suspiró apenado, sin saber muy bien por qué.

Al entrar en el apartamento, se dirigió a la cocina y dio un largo trago de agua de una botella de plástico. Aquello sabía a gloria. En un momento de lucidez, buscó un cigarrillo en el interior de su chaqueta cuando el teléfono sonó.

—Oh, no. No me jodáis ahora... —gruñó en voz alta. Las llamadas nocturnas tras una noche de borrachera empezaban a ser costumbre.

Lo último que buscaba, era otra escena del crimen.

Anduvo hacia el salón y observó el teléfono blanco de plástico sonar.

Pensó en esperar, en fingir que no se encontraba allí, pero el timbre era insoportable y la idea que Del Cano lo hubiese apartado de la investigación le corroía por dentro.

—¿Sí? —Preguntó esforzándose por parecer sereno—. ¿Quién llama?

—¿Vicente? ¿Dónde estabas?

Esa sensación insoportable. Un ancla cayendo sobre la boca del estómago.

—¿Elsa?

—Te he llamado antes y no contestabas.

—Ni que esto fuese una recepción —respondió con desazón—. Espero que te divirtieras con las diez mil pesetas que te llevaste.

—¡No seas así! —Bramó—. ¿Has bebido?

—Déjame dormir, anda.

—¡No! ¡Espera! —Insistió ella. Por su tono, parecía preocupada.

En su fuero interno, algo le insistía para que le preguntara, pero el orgullo se lo impedía—. Te echo de menos, Vicente.

—Si buscas dinero, no soy tu banco, Elsa.

—Te lo estoy diciendo de verdad —contestó desesperada—. Después de la otra noche, he pensado mucho en nosotros. Tal vez debamos intentarlo de nuevo...

—No me jodas, Elsa...

La voz de la mujer sonaba quebrada, casi tanto como la del inspector. El corazón del policía bombeaba con fuerza y el pulso le temblaba. Se maldijo por haber dejado la botella de agua en la cocina, pero era incapaz de despegarse del teléfono.

—Te lo estoy diciendo en serio, Vicente. Por favor, dime algo, no me dejes en ascuas…

De nuevo, las defensas se vinieron a bajo. Jamás sabría que tenía aquel canto de sirena, que era capaz de echar abajo su templanza en cuestión de segundos.

—¿Dónde estás?

—En casa de Manolo.

—Reúnete conmigo. Aquí estarás a salvo.

—No puedo, Vicente.

—Entonces, dime dónde estás.

Se escuchó un ruido al otro lado del aparato.

—¿Elsa? —Preguntó preocupado—. ¿Quién está ahí?

—Mierda, es Manolo —susurró nerviosa—. Tengo que dejarte, te llamaré luego.

—¡Espera, Elsa!

Se escuchó una conversación de fondo. La mujer había dejado el teléfono descolgado, pero Rojo era incapaz de entender lo que decían.

Después se oyó un fuerte ruido, como si algo se rompiera contra la pared. Rojo escuchó el grito de Elsa.

—¿Quién está ahí? —Preguntó una voz masculina.

Era Manolo, tenso y enfadado.

Pensó en colgar, en ahorrarle problemas a la mujer por la que sufría tanto, pero un estúpido instinto protector producto de la embriaguez y la falsa hombría, le obligó a responder.

—¡Como le pongas la mano encima, te mato! ¡Cabrón!

—¿Tú? ¿Otra vez? —Preguntó desafiante el empresario—. ¿Cuántas veces te tengo que romper la cara para que me dejes en paz?

Rojo enfureció y colgó.

El alcohol no parecía ayudarle.

—Te juro que te mataré —dijo en voz baja en la oscuridad del salón, caminando hacia la salida—. Te encontraré como sea.

El teléfono sonó de nuevo, pero nadie contestó a la llamada.

Rojo ya no se encontraba allí.

17

Apestaba a alcohol barato, a suciedad, a humo y a sudor impregnado en la camiseta. El infierno de Dante era una ligera aproximación al nauseabundo panorama con el que despertó en su cabeza.

Abrió los ojos con esfuerzo y dolor para darse de bruces con un techo de color blanco e infinito. Apenas recordaba nada, ni siquiera lo que había soñado.

Intentó desplazarse unos centímetros para asegurarse de que estaba en su habitación, pero el dolor de cabeza se lo impidió. No tardó en darse cuenta de que había dormido vestido. Blasfemó, no sólo una, sino tres veces, y cesó al sentir una aguja punzante clavándose entre sus sesos. Después tomó varias respiraciones hasta que reguló el ritmo cardíaco.

Estaba acelerado, deshidratado y sentía la urgencia de salir de ese espacio. Se preguntó qué hora sería y qué habría hecho para terminar así.

Conforme se recuperaba del despertar, sintió un fuerte pinchazo en la parte derecha del abdomen. La piel estaba sensible, como si le hubieran golpeado.

Debes recordar, se dijo mientras se echaba avergonzado las manos a la cabeza. Un vaso de agua, era todo lo que necesitaba.

Puso un pie en el suelo y luego otro. Tardó en marcharse de allí, bajo las sábanas. Caminó por el pasillo del apartamento hasta llegar a la cocina. Todo parecía estar tal y como lo había dejado, o eso creyó. Rojo sabía que la mente es capaz de borrar partes de los recuerdos para confundirnos, a la vez que nos ayuda a olvidar aquello que no deseamos recordar. Un recuerdo inexistente, es una segunda oportunidad en la vida.

Entre lamentos y arrepentimientos, alguien llamó a la puerta.

Eso sí que era extraño. Rojo nunca recibía visitas.

De pronto, un vago fotograma de Elsa se le cruzó en los recuerdos. Después, el rostro de Manolo. Detalles borrosos, secuencias inconexas, a oscuras, bajo la luz de las farolas de la calle. Temió que no fuera más que otra de sus pesadillas. Luego recordó haber hablado con ellos por teléfono y se volvió a sentir como un despojo. Su actuación no habría hecho más que separarlo de esa mujer.

Desconfiado, se acercó hasta la puerta y comprobó por la mirilla de cristal. Tuvo un mal presentimiento y no rechistó en abrir.

—¿Qué demonios haces aquí? —Preguntó y abrió la puerta.

Era Gutiérrez. Iba vestido de paisano, con la chaqueta de cuero que siempre llevaba y el bigote torcido. Traía malas noticias, eso decía su rostro.

Sin mediar palabra, dio una zancada al interior de la vivienda, empujó a su compañero contra la pared que separaba la cocina de la entrada y cerró de un portazo.

—¿En qué lío te has metido, Rojo? —Preguntó tenso y furioso, pero con un tono paternalista de indignación. Retrocedió y señaló a su compañero con la palma de la mano—. Joder, tienes un aspecto que da pena.

Gutiérrez caminó hasta la cocina, apartó los cubiertos de la mesa con el brazo y se sentó a la espera de una explicación por parte de su amigo.

—Podrías haber llamado… —dijo Rojo sujetándose la

cabeza. Los pinchazos no cesaban—. Mejor será que prepare café.

—Mejor me cuentas qué coño pasó anoche.

Anoche. No pasó nada.

Nada fuera de lo habitual.

—¿Desde cuándo eres mi padre, Gutiérrez?

Pero el compañero parecía impasible.

—Cuéntame qué pasó anoche, Rojo.

Le resultaba vergonzoso decirle que no lograba acordarse de nada.

—Si has venido para hacerme sentir mal, no necesito tu ayuda, ya me tengo a mí mismo.

—Por última vez, Rojo —dijo con voz lineal—. Cuéntame qué pasó anoche, dónde te metiste.

—¿A qué viene tanto interés? —Preguntó evadiendo el interrogatorio. Volcó el café en el filtro, llenó la máquina de agua y encendió el butano—. ¿Ya te has hartado de tu hija?

—Está bien, tú ganas —dijo el compañero sin cambiar la actitud—. Ha aparecido sin vida el cuerpo de un tal Manolo Torres, empresario de la noche murciana y dueño de la sala Ritmos. Te va sonando el cuento, ¿verdad?

Rojo se quedó perplejo.

—No es posible. No puede ser cierto.

—Claro que lo es —dijo Gutiérrez—. Por eso necesito que me digas qué pasó anoche.

—¿Qué hay del arma homicida? —Preguntó Rojo incrédulo—. ¿Coincide con los otros dos asesinatos?

—No —contestó rotundo—. Algún cabrón le abrió el cráneo con una piedra. ¿Me lo vas a contar de una puta vez, Rojo? No te andes con rodeos, sé que ese era el novio de tu chica.

—¡Yo no fui, Gutiérrez! —Exclamó. Se le escapó. Un error común cuando se tenían cargos de conciencia. Gutiérrez no le había acusado de nada. El café salió, se hizo un ligero y confuso silencio que detuvo la conversación por segundos—. Yo no fui…

—¿Estás seguro de lo que dices, Rojo? —Cuestionó con dificultad. Lo último que deseaba era hacer sentir a su compañero a la altura de la lacra que acostumbraban a interrogar—. Una cosa es creer, sentirlo, pero puede que no estés seguro del todo.

—Ya te he dicho que yo no fui.

—No estoy aquí para juzgarte —aclaró—. He venido como amigo, no como un poli.

Rojo estaba a punto de derrumbarse.

Buscó en su memoria sin éxito un testimonio que se escapaba entre sus dedos. No había nada escrito, ni siquiera una sola imagen. Aguantó como un gladiador grecorromano antes de confesar.

—Te estoy diciendo la verdad —dijo él. No le gustaba la manera hostil en la que su compañero se había presentado. Lo último que deseaba, era poner en duda de qué lado estaba. Debía ser cauto, incluso con sus propias palabras—. Anoche tomé unas copas de más, eso fue todo.

—Ya —dijo incrédulo Gutiérrez.

Rojo sirvió el café.

—Reconozco que lo de Del Cano me ha dejado descompuesto —explicó—. Lo tenía por otra persona.

—Y él a ti. No le gusta que le falten al respeto, ni la forma de actuar que tienes.

—Suena como si estuvieras de su lado.

—Te transmito lo que me dijo ayer. No te creas que a mí me cae en gracia, pero llevo más años que tú en esto, sé cuando escuchar al pastor y cuándo morder a las ovejas. De todos modos, sigo pensando que le queda muy grande este caso.

—¿Qué tal con tu hija? —Preguntó a modo de simpatizar y echar por tierra el motivo de la visita—. ¿Habéis recuperado la relación?

Gutiérrez dio el último sorbo al café y se levantó de la silla antes de responder.

—No lo sé. Creo que me oculta algo, que quiere soltarme alguna bomba, pedirme más dinero, decirme que es lesbiana... yo qué cojones sé. En fin, me marcho... Tampoco he de decirte que nunca he estado aquí.

—Faltaría más.

Gutiérrez caminó hasta la puerta, salió a la entrada y llamó al ascensor. Después se dirigió a su compañero.

—¿Sabes? Si necesitas hablar, si recuerdas algo... llámame —dijo mirándole a los ojos. Rojo sabía que bajo esas líneas había una segunda oportunidad. Gutiérrez podía oler a leguas el embuste de su compañero—. Se ha complicado el asunto. Si antes querían tapar todo esto, ahora necesitan un par de héroes que lo saquen a la luz y devuelvan la fe al pueblo. Más de uno ya se está frotando las manos por ponerse la medalla... Por tu bien y por el de todos, tan sólo espero que no la hayas cagado, *amic meu*.

A las seis de la tarde del mismo día, Rojo despertó de una profunda siesta al escuchar los puñetazos que alguien daba a la puerta de su casa. Aturdido, se levantó del sofá del salón y caminó hasta el recibidor.

Elsa tenía el rostro húmedo e irritado por el sollozo. El maquillaje de la cara se había corrido y su tez rozaba una palidez cercana a la muerte. Por fin, buenas noticias, pensó el policía cuando la encontró desolada frente a su puerta.

Casi recuperado de la desazón con la que había despertado, se adelantó dispuesto a abrazar a su expareja, pero no podía estar más equivocado. Elsa, reactiva, empujó al inspector con rabia.

—No me toques —dijo autoritaria—. No he venido a llorar en tu hombro.

—Será mejor que hablemos dentro, con calma, Elsa —dijo invitándola a entrar—. Estás muy alterada.

—No, Vicente. De aquí no me muevo —contestó ella marcando una línea imaginaria con el pie—. ¿Qué pasó anoche? ¡Quiero que me cuentes lo que pasó anoche!

Estaba histérica, pero ese no era el problema. Si Elsa, que era su única esperanza entre tanta incertidumbre, desconocía cómo había terminado aquel circo, el inspector se encontraba en una encrucijada.

—Pensé que querías volver a verme.

Ella negó con la cabeza.

—No entiendes nada, ¿verdad? —Cuestionó mirándole como si fuera un idiota—. Manolo está muerto y eso es un problema para todos.

—Supongo que le echarás de menos.

—¿De verdad que no lo sabías? —Preguntó y Rojo entendió que esa mujer no sentiría tristeza por la persona con quien había dormido los últimos meses. Al comprobar que el policía desconocía sobre lo que hablaba, Elsa lo empujó hacia dentro y cerró la puerta. En las situaciones críticas se podía observar cómo el ser humano se transformaba en un monstruo deleznable—. Los tuyos abrirán una investigación para saber quién lo mató. Después buscarán en el piso y encontrarán todo el dinero que esconde en bolsas de basura. Tienes que enterarte a dónde irá.

—¿Bolsas de basura?

—Maldita sea, Rojo —rechistó—. En esa casa hay como cinco millones de pesetas.

—¿De dónde sale tanto dinero?

Ella miró al policía. Vaciló en contarle la verdad y, aunque lo hiciera, tras esa mirada, Rojo ya sabía que nunca se la contaría del todo.

—Pues eso… pastillas —dijo a regañadientes. Su tono de voz volvía a cambiar hacia una frecuencia más dulce e inocente, como si ella viviera ajena al relato—. Pensé que lo sabías. Me dijo que fuiste a verle al local y creí que estaba relacionado con la muerte de ese hombre.

—No, era por un motivo personal. ¿De quién demonios hablas ahora?

—El del cine, el valenciano que vendía de extrangis en las discotecas —confesó—. Habían trabajado juntos hace muchos años, pero después pasó no se qué de un accidente con una chica que murió y se separaron… Manolo estaba nervioso, dijo que irían tras él cuando se enteró de su muerte pero, como nadie había dado con el asesino… estaba convencido de que era cosa vuestra.

—¿Por qué irían tras él?

—¿Me lo preguntas a mí? La chica que murió… —dijo ella y tragó saliva—, era su novia de entonces. Tenía diecisiete años.

El castillo de naipes se desmoronaba.

La llave que abría el cerrojo.

—¿Me cuentas esto ahora?

Ella aguardó un instante.

—Quiero que me jures que no fuiste tú quien lo mató.

El inspector se preguntó por qué le pediría algo así.

Quizá para escuchar de su voz que era inocente, que en él no albergaba el psicópata pasional que ella imaginaba.

O tal vez no.

Puede que Elsa sólo quisiera asegurarse de que el policía no lo había hecho para tener una coartada. De ese modo, declararía que estaba con él durante el homicidio. Ambos de acuerdo y la inspección pasaría página.

Elsa era una caja de truenos. Nunca se podía saber con certeza lo que había tras esos ojos.

—No puedo asegurarte nada.

—Tienes que hacerlo, Rojo.

—Lo siento, Elsa, pero no mentiré —dijo sincero. Ella apretó los labios y sus ojos se humedecieron a punto de romper en un sollozo de rabia contra la persona que tenía delante. Él dudó de su teatro, fruto del teatro o de la compasión—. ¿Qué vas a hacer? ¿Testificar en mi contra?

—Eres tan ingenuo que estás ciego.

—Menuda sabandija eres.

—Cuido de mí, siempre lo he hecho así... —dijo alejándose lentamente antes de entrar en el ascensor—. Adiós, Vicente. No quiero volver a verte en la vida.

18

Suspendido. Esa era la palabra que se repetía una y otra vez en su cabeza. Del Cano se lo había dejado claro. Se quedaba fuera, apartado, sin arma ni puesto en la oficina. Había metido la pata hasta el fondo. Pese a todo, el Comisario Jefe había sido demasiado benévolo con el inspector.

Allí, sentado frente a su superior, el escritorio de madera de roble y la foto del Rey Juan Carlos I, Del Cano clavaba sus ojos en la sien de Rojo a la espera de una explicación que no lo enviara al paredón.

—Ya le he dicho que no tengo nada que ver con la muerte de este hombre —explicó—. Elsa es mi expareja, eso es todo. Hasta ayer, era la de ese tipo.

Del Cano hacía un esfuerzo por creerse a su hombre o, quizá, por convencerse de que no había sido el causante de dicho escándalo. El cuerpo de Policía no pasaba por su mejor momento y aquello era lo último que buscaban ambos.

—¿Le dijo algo relevante? —Preguntó de nuevo—. Algo relacionado con ese individuo, si estaba en problemas, si había recibido amenazas…

Rojo tragó con fuerza. Tenía la garganta reseca y le costaba respirar en aquel cuarto viciado por el tufo a

Varón Dandy de su jefe.

—Señor comisario —dijo con voz apagada y arrepentida—. Entiendo la decisión que desee tomar al respecto, pero no he tenido nada que ver. No fui yo. No encontrarán nada.

—Por el amor de Dios, inspector… —respondió molesto. Hablar con Rojo era como pegar patadas a un muro de cemento—. ¡Su domicilio aparece en el registro de llamadas! ¿Eso es todo lo que tiene que decir? Lástima que no tuviera pinchada la línea…

—Una mala coincidencia.

—Las coincidencias no existen —dijo Del Cano.

En eso le dio la razón.

Estaba allí por algo más que una simple llamada.

El tiempo se le escurría de las manos calentando esa silla.

—Ni la suerte tampoco, supongo —respondió el inspector—. He vuelto a ignorar las señales del Señor.

—Venga, hombre —comentó—. Me dirá ahora que es creyente…

—Cuando hace falta.

Del Cano tomó aire para relajarse.

—Escuche, me interesa que cada uno de mis hombres tengan la cabeza en su sitio —dijo con seriedad—. Sé que es un buen policía, y también que está pasando por una mala situación, pero esto no le hace ningún bien. Nos encontramos en un momento delicado y la muerte de esos dos hombres no nos beneficia en nada. Ni a mí, ni al cuerpo y ni a usted.

—¿Me he perdido algo?

Un comentario desacertado. Del Cano lo miró con saña. El comisario estaba informado de la actividad de Rojo, de su intrusión en una investigación cerrada y de los intentos por participar en la reapertura de ésta.

—Le vendrá bien tomarse un respiro, lejos del trabajo, poner en orden su vida y plantearse la idea de pedir el traslado a otro destino. Puede que un poco de aire fresco le venga bien, ya me entiende.

Por activa o por pasiva, bajo la fachada del jefe condescendiente, Del Cano invitaba amablemente, aunque sin alternativa, a que Rojo se largara de allí para siempre. No le importaba a dónde, ni cómo, pero le había dejado claro que, desde ese momento, su presencia era tan bien recibida como la de una almorrana sobre el sillón.

—Se lo consultaré a la almohada.

—Háblelo con quien le venga en gana —contestó con desaire—, menos con la prensa… Lo siguiente que haremos será investigar a esa chica. ¿Tiene su contacto?

—No.

—¿Bromea?

—En absoluto —dijo el policía—. De hecho, nunca he sabido realmente quién era esa mujer.

Del Cano miró al inspector y estudió su expresión, que era lo más parecido a un puzle falto de piezas.

—Puede marcharse —respondió finalmente hastiado—. Disfrute de sus vacaciones, mientras pueda, inspector.

Éste se levantó sin más dilación y dio varios pasos hacia la puerta del despacho. Puso la mano en el pomo y sintió el frío metálico entre los dedos. Quizá fuera la última vez que pasaba por allí. Nadie lo sabía. El despacho de Del Cano era lo más parecido a un purgatorio.

—Rojo —dijo Del Cano desde su escritorio. Detuvo su paso y giró el cuello. El comisario tensó las comisuras de los labios—. Piense en lo que le he dicho.

El café solo humeaba en el interior de la taza delante de sus narices. El reloj del bar marcaba las once y media de la mañana. Hacía un día soleado, cálido aunque agradable gracias a la brisa marina. Se había prometido no beber una gota de alcohol hasta que todo hubiera pasado.

Comenzar alejándose de la bebida era siempre el mejor punto de partida para pensar con claridad.

A su lado, con un brazo apoyado en la barra de acero, sentado en el taburete con las piernas abiertas y sujetando un cigarrillo entre los dedos, Gutiérrez miraba enfadado a su compañero.

—Suspendido —dijo el policía—, como en el instituto. Tiene gracia la cosa…

—Del Cano me ha invitado a pedir el traslado —dijo Rojo, dio un trago al café y se quemó la lengua. El día se ponía interesante—. Quizá deba tomarlo como una señal.

—¿A dónde?

—A donde quiera —respondió—. Por él, como si me hago alfarero…

—Eres un zoquete, Rojo. Te lo has buscado tú solito —dijo y dio una calada ansiosa aunque lenta—. Te han pillado por las pelotas, eso es todo. Un registro teléfono da mucho juego, todavía más si eres la última persona que habló con la víctima… Maldita sea, ¿por qué no me contaste la verdad? Podríamos habernos ahorrado esto.

—No estaba seguro.

—¿De qué?

—De mí —aclaró—. Apenas recuerdo lo que sucedió la otra noche… Bebí demasiado, me envalentoné. Ese cabrón le había puesto la mano encima a Elsa y me pudo el orgullo.

—Se te calienta el morro con facilidad —dijo—. ¿Tenía algo que ver esta historia con lo que te pasó en la cara?

—Más o menos.

—Genial… Espero que, al menos, no hubiera testigos.

—Los hubo.

—Eres un genio.

—Gutiérrez, ya te lo dije ayer y te lo vuelvo a repetir —explicó Rojo a modo de plegaria—. Yo no lo hice, pero estoy seguro de que está relacionado con los otros dos asesinatos. Elsa me lo contó.

—¿Y qué te dijo esa pájara?

—Cuida tus modales, Gutiérrez —advirtió. Elsa podía guardar todos los defectos que Rojo quisiera adjudicarle, pero no dejaba de ser una persona humana como él. En esta vida, cada uno debía soportar su propio calvario. Elsa no se libraba de cargar con el suyo—. No íbamos mal encaminados en nuestra búsqueda, pero dejamos de mirar en la dirección adecuada.

—Al grano, compañero.

—Como te dije, parece que el profesor Avilés y ese proyeccionista habían sido colegas antes —explicó Rojo mientras seguía girando la cucharilla en el café, que ya estaba templado—. Asuntos de pastillas de laboratorio, quién sabe si para sacarse un sobresueldo. Al igual que Ricarte, nuestro hombre, y El Mechas.

—Explícate mejor, anda… —dijo con cara de interesado.

—Ricarte y El Mechas eran compañeros de instituto —dijo Rojo—. Ambos coincidieron el mismo año con Avilés como tutor de uno de ellos. Todo muy normal si no fuera porque los hermanos Ricarte eran tres y no dos, como habíamos contado desde un principio.

—¿Hay otro?

—Otra —señaló—. Una hermana fallecida en un accidente de tráfico en la carretera que viene de Valencia… Casualmente, el hombre que iba al volante del otro vehículo era…

—Carmelo Antón —interrumpió Gutiérrez terminando la frase. Estaba sorprendido por la historia que había hilado su compañero. De ser cierto, las piezas encajaban, los cabos terminaban por atarse y la búsqueda llegaba a su fin—. Tiene que ser una retorcida casualidad.

—Nosotros no creemos en las casualidades —respondió—. Yo diría que se trata de una venganza.

—Tiene sentido —añadió Gutiérrez—. La primera noche, junto a ese drogadicto, fue Luis. En el cine, el hermano. Mismo modo de operar, distinto rostro, más confusión. Menudos cabrones…

—En el fondo, sólo están buscando desquitarse, deshacerse de la impotencia que llevan dentro. Lo que no me queda muy claro es el porqué…

—Todavía no me has explicado qué pinta el empresario de la noche en este culebrón de mediatarde.

Rojo sopesó sus palabras.

Una cosa era contarle la verdad y otra, muy diferente, hablarle sobre los cinco de millones que Elsa pretendía llevarse. Confiaba en él, hasta cierto límite, como en cualquier tipo de relación que tenía. Empero, sus sentimientos se anteponían a lo que debía hacer.

—Tenían una relación por aquella época. Ella todavía era menor de edad.

Gutiérrez calló y se apoyó en la barra. Miró al compañero y cuestionó por un instante si lo que le había contado era un embrollo para que le cubriera las espaldas. En ese momento, Rojo era pura transparencia: el rostro de un hombre derrotado.

—Tienes que contarle todo esto a Del Cano.

Rojo bajó los hombros decepcionado.

—No fastidies, hombre.

—Cuéntale con detalles todo lo que sabes. Estoy seguro de que te escuchará.

—No lo entiendes, Gutiérrez. No pienso bajarme los pantalones.

—No, Rojo —dijo irritado—. Eres tú quien no lo entiende. Te han suspendido, el número de tu casa figura como el último al que llamó alguien que ha amanecido con la cabeza abierta como un maldito melón, alguien que salía con tu exnovia y quien te partió la cara dos días atrás. Basta que salga un miembro de la familia pidiendo justicia y terminarás con el culo como un colador.

—Pensé que teníamos un acuerdo.

—Y se mantiene —dijo recuperando el aliento—. Pero, ¿de verdad quieres seguir con esto? Ahora es a nosotros a quien nos viene demasiado grande.

—Aún nos queda una carta.

—La del tarot, venga ya…

—Teniendo la certeza de que han sido ellos. Sólo nos queda cazarlos.

—No existen pruebas —reprochó—. Bueno, sí que existen, y apuntan a ti.

—Esa chica podría haber sido tu hija.

El inspector se sacudió el bigote con los dedos y se tragó las palabras en silencio. Rojo estaba en lo cierto y eso era lo que más le dolía.

—Eres un mamonazo, Rojo… —respondió y aguardó unos segundos—. Anda… Dime en qué has pensado antes de que me arrepienta.

19

El tiempo se agotaba. Con Del Cano al frente de una investigación oficial, Rojo de vacaciones obligadas y alejado de los ámbitos oficiales, tenían que darse prisa si querían dar caza doble antes de que terminaran acusándole de culpable.

Una vez se hubo librado de la dependencia hacia los destilados, recuperado el ánimo y retomado la motivación para luchar por algo, el policía no tardó en proponerle un plan a su compañero.

Cerrado el círculo, lo más probable era que los dos hermanos se cubrieran las espaldas hasta que todo hubiese pasado.

Con Rojo y El Mechas, la jugada les saldría redonda a la prensa. Nada mejor que un policía para tener entretenida a la carroña de los diarios.

Necesitaban un cebo, un mensaje que desestabilizara a las presas y les hiciera cuestionarse la efectividad del plan. Con la escasa, aunque suficiente, información que había obtenido el inspector, entendió que la pérdida de esa chica había supuesto un trágico episodio en la vida de los hermanos. Tendrían que vigilarlos, volver a las guardias, a las noches de coche, café, frío y cigarrillos con Gutiérrez. Rojo desconocía quién había ideado la operación, aunque no le cupo duda de que habría sido el mayor, Ambrosio Ricarte. En la mayoría de casos pasionales entre hermanos, siempre era la mayor influencia quien dictaba las normas. Además, Luis tenía todos los requisitos para sentirse culpable: amigo de El Mechas, compañero de estudios de su hermana y posible culpable por no haber evitado la tragedia. Debían asegurarse de esto último.

Dado que la ausencia de Rojo devolvía más margen de acción a Pomares, tampoco dudó en emplear al tercer inspector como cebo para una posible operación trampa.

Horas después de aquel café matinal, la pareja de inspectores se encontraban en el interior del coche francés a la salida del Pryca, unos grandes almacenes situados a las afueras de la ciudad, junto a los barrios periféricos más humildes del municipio.

Optaron empezar por el menor, pues era más fácil de controlar, ya que trabajaba como guardia jurado en un hipermercado. Ambrosio, representante de una marca de embutidos regionales, se movía como una serpiente, sin dejar rastro, ni siquiera piel. Después de varios intentos por localizarle, desistieron. Tarde o temprano, se reunirían.

Un mensaje, eso era lo que necesitaban para contemplar quién de los hermanos estaría dispuesto a traicionar al otro.

Allí, en una de las entradas principales del edificio, Luis Ricarte, vestido de uniforme y con un arma en la cintura, protegía a los clientes de toda la calaña que merodeaba por los alrededores. Desde el aparcamiento, Rojo y Gutiérrez observaban sus movimientos.

—Estará muy fuerte, pero ya te digo yo que no es una bestia —dijo Gutiérrez—. Lo puedo oler. He visto a chicos como ése... Me pregunto qué sentirá después de haber matado a otro ser humano.

Rojo guardó silencio.

Pregúntatelo a ti mismo, cabrón.

—Todavía estás a tiempo de contárselo a Del Cano...

—Tranquilo —respondió Rojo y siguió con la mirada los movimientos del chico. Era alto, corpulento y rubio, como había descrito aquel canalla de barrio.

De pronto, llegó el compañero que le hacía el relevo. Se dieron la mano y Ricarte se despidió. Caminó por el aparcamiento, mirando a sus alrededores, pensativo, quizá arrepentido, tal vez no. Después se metió en un Ford Orion azul marino y salió de allí.

Desconociendo muy bien por qué, las palabras del progenitor de El Mechas resonaron en su cabeza. La imagen de la entrada, del ruido de la calle, del tubo de escape. Y sintió un vago recuerdo, tan real, que el vello de los antebrazos se le erizó. Era ese coche, estaba seguro.

Esperaron unos segundos, introdujo la llave en el contacto y arrancó el motor. Por la radio sonaba Rat Salad de Black Sabbath y Gutiérrez había bajado dos dedos la ventana de su lado mientras expulsaba humo por la nariz.

El Ford Orion de color azul circulaba despacio por la alameda de San Antón hasta que giró a la altura de la calle Trafalgar. Rojo conocía la zona. No muy lejos de allí, un año antes, retozaba desnudo bajo el edredón de la cama de Elsa. Eran otros tiempos en los que prefería no pensar. La tendencia de idealizar el pasado y distorsionarlo llenándolo de colores vivos y sensaciones que nunca existieron, le hacía perder la razón, convirtiendo el recuerdo en algo que no era, un pasaje placentero o doloroso, pero tan ficticio como el capítulo de una novela.

El Ford se detuvo entre dos árboles y encendió las luces de emergencia.

Una mujer sujetaba la mano de un niño pequeño. Ricarte bajó del sedán y dio un beso al niño. La mujer evitó su acercamiento y después le reprendió en medio de la calle. Cabizbajo como un perro faldero, metió a la criatura en la parte trasera del vehículo y asintió con tal de terminar la discusión.

Ambos subieron después.

—Menudo calzonazos… —dijo Gutiérrez—. Y después, hay que echarle huevos para hacer algo así.

Pero Rojo no lo vio de esa manera. Su teoría se confirmaba. Ricarte no era un hombre blando, sino una persona rota, vacía, incapaz de mirar a los ojos a una mujer de nuevo, a pesar de tener una a su lado.

Allí encontró al hombre que buscaba, un tipo de buen corazón, marcado por los errores y convertido en el más débil de los dos hermanos. Sin conocerlo demasiado, le auguraba un final turbio y sin esperanza. Apretándole las tuercas, no tardaría en cantar para entregar a su otro socio, pero debían encontrar la tecla que activara sus miedos.

Por otra parte, a Gutiérrez no le faltaba razón.

Tenía mucho que perder haciendo algo así, aunque Rojo estaba convencido de que el chantaje no era lo único que había empujado a aquel hombre a llevar a cabo tal estupidez.

A veces, no era la familia, ni el dinero, ni tampoco el reconocimiento de otras personas las razones por las que los humanos se comportaban de ese modo. A veces, todo se reducía al dolor, a la carga constante de un error capaz de evitar. Y, posiblemente, a pesar de haber sacado adelante su vida, de un modo u otro, eso era lo único de lo que no podía deshacerse, por mucho que huyera de los fantasmas del pasado, por mucho que intentara reconciliarse con su hermano.

Luis Ricarte cargaba con la cruz de haber sido el culpable de la muerte de su hermana, un accidente que había desencadenado en tres asesinatos atroces.

—¿Ahora qué? —Preguntó Gutiérrez aburrido—. ¿Vamos a buscar al otro?

—No es necesario. Se reunirán en breve.

—¿Cómo estás tan seguro, Colombo?

Rojo agarró el paquete que sobresalía del bolsillo de la camisa de Gutiérrez. Le robó un cigarrillo y se lo puso entre los labios. Después lo encendió y dio una calada. Por una vez, sentía como si la vida volviese a fluir bajo sus venas, y no existía mejor satisfacción que la del trabajo acertado.

—Porque pronto se desinflará y se dará cuenta de que, lo que hicieron... no sirvió para nada —dijo mirando por la ventana—. La venganza es un acto pasional y, la pasión, junto a todo lo que mueve, no es más que un sentimiento pasajero, efímero. Una razón por la que arrepentirse mañana cuando se arriesga demasiado. Ambos creyeron que así podrían recuperar el honor de su hermana, pero esa chica hace años que se convirtió en polvo… Es cuestión de tiempo que ese vacío que lleva dentro, vuelva a aflorar de nuevo. El corazón no está preparado para cargar con la culpa.

El trozo de queso que se apoyaba sobre el cepo, cobraba un color rojizo. Pomares encontraría el protagonismo que tanto había ansiado. El aspirante a comisario, por fin, sentiría el miedo sobre los hombros, aunque fuese por un corto periodo de tiempo.

Con la ayuda de Gutiérrez, Rojo no tardó en conseguir una copia de la denuncia para falsificar un parte por sus propios medios. No era la mejor falsificación, pero colaría.

En efecto, la historia de Carlota Ricarte era cierta, así como el choque de automóviles que en 1984 provocó su muerte. Tenía los nombres de los implicados y los detalles del siniestro. Sólo debía añadir la mentira que desmembrara la causa de los legionarios romanos. Y ahí tomaba su parte Pomares. Rojo pensó que no existía mejor elemento que un policía recién estrenado, hijo de veterano, para implicarse en un escándalo de tal envergadura y desaparecer de un plumazo del acta oficial. No era una práctica muy común, aunque creíble en unos tiempos en los que España todavía digería la nueva Democracia y un fallido golpe de Estado que seguía reciente.

Modificó el parte añadiendo un segundo individuo en el interior del coche de Carmelo Antón, describiéndole como principal conductor del vehículo. Sería suficiente para desestabilizar psicológicamente a los Ricarte y ponerlos de nuevo contra las cuerdas. Una vez entregado el mensaje al guardia jurado, observarían sus movimientos, para después vigilar a Pomares y su familia.

No disponían de mucho tiempo y tampoco se le ocurrió nada mejor al oficial, así que tendrían que ser cautelosos, si no querían que la broma terminara en una sangrienta carnicería.

A la mañana siguiente, Rojo fotocopió el informe en una copistería que había cercana al bar Dower's, mientras

Gutiérrez se encargaba de mantener a Del Cano tranquilo a la par que seguía los pasos del otro Ricarte.

La introdujo en un sobre y dejó una nota escrita a mano.

"Hay algo que debes saber sobre tu hermana. Llámame cuando estés preparado."

Vestido de paisano, cruzó el centro de la ciudad con la radio de fondo en el coche y el sol golpeando en el capó. Hacía un buen día, tranquilo. Le sentaba bien disfrutar de esas merecidas vacaciones, pensó al recordar las palabras de Del Cano. Estaba concentrado, como en los viejos tiempos.

Llegó al Pryca y dio una vuelta por el aparcamiento para asegurarse de que Ricarte no estaba en su puesto de trabajo. Los guardias de seguridad solían intercalar los turnos, así que caviló que esa jornada empezaría por la tarde. Una coincidencia perfecta, un presunto día largo para el inspector.

Dejó el vehículo junto a un pilar de color blanco y caminó hasta el interior de las instalaciones. Allí se acercó al puesto de información, en el que un hombre de camisa y corbata esperaba aburrido a que alguien se le acercara para sentirse realizado. Rojo lo vio y se alegró. Los hombres solían prestar menos atención en los detalles. La mayoría sólo ponía atención al corte de pelo, a la complexión y a los complementos faciales. Sin embargo, las mujeres siempre guardaban connotaciones sobre el tono de voz, el lenguaje corporal o la forma de vestir.

—Hola —dijo el agente. El empleado se puso en pie con una estúpida sonrisa—. ¿Sabe dónde podría dejar un mensaje para Luis?

—¿Qué Luis? —Preguntó. Por su expresión, estudiaba la respuesta del policía.

—Ricarte, el guardia jurado.

Los hombros se relajaron.

—Sí, claro —contestó—. Yo mismo se lo puedo dar. Hoy tiene turno de mediodía. También puede esperarle unas horas, mientras hace algunas compras.

Rojo puso la carta sellada sobre la mesa. Tenía poca paciencia con quienes intentaban venderle lo que fuera, a cualquier hora, pero debía contenerse. Un impacto negativo impregnaba más en la memoria que uno positivo.

—Me encantaría, pero yo también trabajo —dijo con una mueca forzada—. Dígale que es de Carmelo Antón, el valenciano, que esto es lo que me pidió.

El operario recogió el sobre y lo guardó bajo el mostrador. El policía se despidió y caminó hacia su vehículo. Ahora sólo quedaba esperar a que lo abriera, observar su reacción y descolgar el teléfono.

20

Detestaba hacer guardia sin compañía. Recostado en el asiento como una loncha de queso fundida, Rojo vigilaba en el interior de su coche la llegada de Luis Ricarte. Durante dos horas de espera, tuvo tiempo para echar en falta la bravuconería de su compañero, que no había podido acompañarle por encontrarse bajo las órdenes de Del Cano. También pensó en Elsa, en sus últimas palabras y en cuánto le habían dolido. Tanto como la idea de utilizarle para llevarse los cinco millones de ese pobre desgraciado. Necesitaba ayuda, estaba desesperada, perdida en un edificio sin salidas de emergencia, en un escenario en el que nadie podía escucharla. Elsa era un agujero negro en un cielo de estrellas, la antítesis del mundo que representaba Rojo y la razón por la que se sentía tan atraído hacia ella. Había sufrido tanto en el pasado, que desconocía cómo poner orden a sus necesidades y quizá, esa empatía, ese sentimiento mezclado de soledad, amor y pena, era lo que conmovía al oficial para que aún deseara protegerla, a pesar de ser en vano.

El Ford Orion de Ricarte llegó a las doce menos cinco al gran aparcamiento exterior de asfalto y verja metálica.

La superficie estaba despejada y eso aumentaba las posibilidades de que el sospechoso avistara al oficial.

Rojo se escurrió en el interior del vehículo para que Ricarte no lo viera. El chico, salió del auto con la normalidad y pesadumbre de cada día y caminó hacia el interior de las instalaciones. El inspector estudió la sospechosa normalidad con la que acudía al trabajo, como si careciera de preocupaciones. Luego siguió su recorrido por la cristalera transparente que permitía ver lo que sucedía desde fuera.

—Vamos, vamos… —murmuraba expectante mientras Ricarte se acercaba a saludar al puesto de información. De pronto, se detuvo frente al operario con normalidad y éste sacó la carta que Rojo le había entregado. El policía se frotó las manos. Estaba ansioso por conocer la primera reacción del chico. Eso dictaría los siguientes pasos de la operación.

Ricarte, vestido de uniforme, agarró el sobre y miró a su interlocutor. Se puso tenso, aunque intentaba mantener la cordura. Rojo había dado en el clavo. Agitado, caminó hasta la sala de personal.

El inspector giró la llave del contacto y arrancó el coche.

—Alea jacta est —dijo a modo de victoria y abandonó el aparcamiento.

Cuando llegó a la entrada de su casa, notó un ligero zumbido al otro lado. Se oía música, aunque no recordaba haberse dejado encendida la radio.

Al meter la llave en la cerradura, se dio cuenta de que alguien le esperaba dentro. Un sudor helado le recorrió la nuca. Iba desarmado y no tenía nada con lo que defenderse.

Dio un paso atrás, empujó la puerta y, rápidamente, se ocultó en uno de los laterales del recibidor. La música se detuvo y unos pasos se acercaron hasta el umbral del pasillo. Rojo observaba pegado a la pared, junto al filo que separaba la entrada de las escaleras, dispuesto a propinarle un puñetazo directo a quien se dejara ver.

—¿Vicente? —Preguntó la voz angelical de Elsa.

Bajó la guardia y se puso todavía más tenso.

Le había dado un horrible susto.

—¡Qué cojones, Elsa! —Exclamó, la dirigió hacia el interior y cerró de un fuerte golpe. El olor a carne picada y tomate sofrito no le detuvo—. ¿Qué es todo esto?

Elsa llevaba un delantal, una blusa oscura y los mismos pantalones ajustados de color negro que tanto le gustaban al oficial. De nuevo, se movía por allí como si fuese la protagonista de su propio cuento de hadas, pero Rojo estaba dispuesto a poner fin a tal broma.

—Te debo una disculpa —dijo con una cuchara de palo en la mano—. Fui una imbécil…

Sus palabras rebotaron contra la cabeza del oficial, que se ponía más y más colorada. La realidad se convertía en un cúmulo de lienzos distorsionados que le recordaban al pasado. Elsa entraba y salía de su vida, usando las emociones a su antojo, en un vaivén propio de montaña rusa. Ninguna persona con un corazón humano podía soportar aquello. Lo más complicado para él, era mirar más allá, hacerlo por encima del rostro angelical que la vida le había dado. Elsa era bella, para él, la más hermosa de todas, pero el cutis reseco, la fragilidad de sus extremidades y los huesos marcados bajo la piel eran razones suficientes para comprender que, por muy enamorado que estuviera, por muchos abusos que tolerara, esa mujer necesitaba con urgencia una ayuda que él no podía darle.

Rojo respiró profundamente y apoyó su peso en el marco de la puerta de la cocina. Elsa había cocinado y limpiado el apartamento. Por mucho que le costara, tenía que estar por encima de aquello.

Debía pensar con claridad antes de perder los nervios.

—Escucha, Elsa. Las cosas no funcionan así —dijo el policía ante los brillantes ojos de la mujer. Se cuestionó si aquel estado de lucidez sería transitorio—. Primero me dices que no quieres volver a verme más, ahora esto… ¿Crees que voy a ser siempre una de tus marionetas? No puedes entrar y salir cuando quieras de mi casa. ¿Quién cojones te crees que eres?

Ella miró al suelo y guardó silencio a la espera de que la reprimenda terminara.

—Sé que he cometido errores, Vicente —contestó ella—, y te pido perdón, de verdad. Sé todo el daño que te hago cada vez que pierdo el control.

—Y te aprovechas de él.

—Déjame compensarte, por favor —respondió con la voz quebrada. Al inspector empezaba a resultarle familiar todo aquel teatro—. Eres mi amigo, no quiero perderte.

Eso es lo que soy para ti, un amigo, se dijo. Aquella frase le abrió el estómago como el disparo de una recortada. Una categoría donde no quería estar. Le había perdido el respeto para siempre.

—No quiero ser tu amigo, Elsa —contestó. Debía arriesgar, todo o nada. Tirarlo todo por la borda, a pesar de que fuera inútil. Estaba convencido de que hacía lo correcto. No existiría otro momento. Si debía poner fin a su relación, esa era la ocasión—. ¿No lo entiendes? Sigo enamorado de ti.

Pero ella no respondió y se decantó por su mejor moneda de cambio.

Una vez más, los ojos de la chica comenzaron a brillar con intensidad, buscando los labios del oficial. Concebía el amor como un igual de la pasión, dejándose llevar por el mismo frenesí que le producían las dosis que se inyectaba. El beso no tardó en llegar. Se enroscaron en un cálido abrazo que terminó en un apasionado revolcón bajo las sábanas. A ninguno le importó que la comida se enfriara, ni a él todo lo que ella le había dicho anteriormente, ni que lo dejara para juntarse con otro, ni que tuviera una copia de sus llaves, ni tampoco que intentara usarlo como coartada para quedarse con el dinero negro que Manolo guardaba en su apartamento.

No le importó que Elsa volviera a él para utilizarlo, pese a saber que no tenía dónde quedarse.

Todas esas creencias de virilidad y temple, de estoicismo y fuerza bruta, se venían abajo con sólo acariciar la piel de esa hermosa aunque desgastada mujer.

Ella tenía razón.

Rojo estaba ciego y era incapaz de entender, a través de esa venda, que Elsa se comportaba igual que esos chicos a quienes perseguía por los callejones del casco antiguo de la ciudad. Sufría un problema que él era capaz de ignorar con el fin de satisfacer su propio vacío. A cambio, volvía a experimentar la breve sensación de pertenecer a alguien, de que alguien le pertenecía para siempre.

La mujer que dormía bajo sus brazos, la necesidad de fingir ser alguien que no existía. Todo se evaporaba con el sueño.

Elsa era su talón de Aquiles y él su peor enemigo.

21

La llamada no se hizo esperar.

Rojo despertó de un plácido sueño, salió de la cama y caminó semidesnudo por el pasillo hasta llegar al salón. Ni siquiera había anochecido cuando la voz de Ricarte se apoderaba del altavoz.

—¿Sí? —Preguntó convencido de que era él.

—He recibido tu mensaje —dijo.

No lo imaginaba así.

Las personas tienden a equivocarse cuando idealizan las voces de los desconocidos.

El tono de Luis Ricarte no hacía justicia con su aspecto. Sin embargo, en un hombre, la forma de hablar lo era todo. La energía que proyecta dice más que la apariencia. Ricarte sonaba como una bocina desafinada, como un tubo de escape roído. Que estuviera nervioso, tampoco colaboraba—. ¿Qué quieres? ¿Dinero? No lo vas a tener.

Rojo guardó silencio.

El instinto de cualquiera hubiera sido interrumpirle.

Respiró y esperó a que terminara.

La ansiedad siempre traicionaba a la razón, dando rienda suelta a una actuación desacertada. En cuanto se desinflara, hablaría.

—Quiero ayudaros.

Se escuchó una respiración entrecortada al otro lado.

—No necesitamos tu ayuda.

Por supuesto que no. Ya tenían a su siguiente víctima.

—Trabajo para un periódico —dijo aventurándose en los caminos de la improvisación. Nunca había sido su fuerte—. Soy periodista. Sigo el caso desde hace años.

—¿Es un chantaje a cambio de algo?

—En absoluto.

—Entonces, ¿por qué lo haces?

—Yo también perdí a una hija en un accidente de tráfico.

Tal vez fue el derroche de testosterona o la visita que ocupaba su cama en esos momentos, pero el inspector había caído en el error de hablar demasiado. Sin embargo, a Ricarte le sonó convincente. Empatizaba con su historia.

—¿Cómo sé que puedo confiar en ti?

—No lo sabes —contestó—. Pero podría publicar todo lo que tengo y no lo he hecho. ¿Has hablado con tu hermano?

—¿Qué importa lo que él opine? No necesito su aprobación para decidir lo que hago —contestó dejándose llevar. Se había precipitado. Reculó y adoptó un tono más hostil—. ¡Déjanos en paz y no vuelvas a ponerte en contacto conmigo!

—¡Espera! —Exclamó Rojo—. No cuelgues.

La respiración sonaba con profundidad. El chico seguía al aparato.

Detrás de ese armario de huesos, había un joven lleno de inseguridades y falto de decisión. Era normal que su hermano fuera su autoridad. Todos los mamíferos necesitaban una, aunque renegaran de ella.

—Hay algo más que debes saber… —dijo Rojo—, es sobre Carlota. Todavía estás a tiempo de rectificar, Luis. Tu hermano Ambrosio no te contó la verdad.

Silencioso, Ricarte escuchaba atento.

—Mientes, cabrón.

—Reúnete conmigo en dos horas —ordenó el policía

con voz firme—. Te lo contaré todo. Esperaré en el mirador del parque Torres, junto a uno de los bancos. Llevaré una chaqueta de cuero negra. Nada de sorpresas.

Ricarte no respondió y colgó, aunque eso le bastó a Rojo para saber que el chico había mordido el cebo.

Elsa dormía a pierna suelta y decidió no despertarla.

Se vistió, caminó hasta la cocina y abrió un armario superior pequeño que se encontraba encima de la nevera. De allí agarró una caja metálica, que había servido en el pasado como fiambrera, levantó la tapa y sacó la vieja Super Star de 9mm encontrada en la casa de aquel sindicalista. Un arma legalmente descatalogada, fuera de servicio, aunque lista para disparar. Se prometió no sacarla de allí, pero no le quedó alternativa.

Preparó el cinto, colocó el arma en el interior descolgó el teléfono y marcó el número de su compañero.

—¿Sí?

—Soy yo. El mochuelo ha cantado —respondió Rojo—. ¿Algo que decir?

—Nada nuevo. El hermano trabaja en una oficina de carnes como ya sabíamos. Come en un bar que hay cerca y conduce un Opel Corsa rojo. Después del trabajo va directo a casa. Está casado y no tiene hijos.

—¿Sabes si se han reunido?

—No —dijo a regañadientes—. Como comprenderás, no soy el jodido Gran Hermano, pero hoy se ha pasado el día en un almacén. ¿Qué tienes tú?

—Se lo ha tragado. Hemos hablado por teléfono y lo he notado algo nervioso. Creo que no lleva muy bien lo de recibir órdenes —explicó—. Voy de camino al parque Torres.

—Coño, como dos maricas…

—¿Estás preparado?

Gutiérrez resopló al otro lado del aparto.

—Lo estaré cuando llegues.

El crepúsculo formaba una amalgama de colores rojizos y violetas en el cielo a causa de la contaminación y la falta de brisa marina. Gutiérrez subió al coche minutos después de que Rojo se adentrara en el paseo Alfonso XIII y se limitó a saludar al compañero. Se mostraba intranquilo, como si le preocupara lo que estaban a punto de hacer.

—Pareces otro desde que vas con Del Cano —comentó Rojo al verlo.

Gutiérrez lucía una camisa azul con rayas blancas y sin arrugas. Olía a colonia y tenía el cabello peinado hacia un lado, en lugar de la maraña de pelo que solía lucir al levantarse—. ¿Te pones así para él?

—Déjate de bobadas, Rojo. Es mi hija, que me tiene a raya…

—Si al final te quejarás y todo —dijo sonriente—. ¿Se quedará mucho tiempo?

—Mañana, a primera hora —contestó con lástima—. Le he prometido que cenaremos esta noche juntos, como despedida.

—La echarás de menos.

Gutiérrez guardó silencio.

Sopesó las palabras de su compañero y rascó el plástico de la puerta con las uñas.

—Estás seguro de esto, ¿verdad, Rojo? —Preguntó el policía—. Sabes que no habrá vuelta atrás.

Rojo ponía atención a la carretera, atestada por el tráfico de la tarde que se atascaba en las arterias principales de la ciudad. Por supuesto que lo estaba, al igual que sabía que su carrera como agente del Estado pendía de un hilo. Lo que sucediera después de ese encuentro, voltearía las cartas que había sobre el tapete.

—¿Cómo va la investigación? —Preguntó desviando la conversación—. ¿Ha descubierto Del Cano ya el arma homicida?

Pero el comentario no pareció tener gracia alguna.

—Hemos sobrevalorado la astucia de ese tipo… y la de todo el departamento.

Por primera vez, Gutiérrez hablaba desde la incertidumbre.

—¿Qué quieres decir?

—Ese herrero llamó ayer a las dependencias para preguntar si habíamos encontrado a nuestro hombre… Por supuesto, el mamonazo de Pomares recogió el mensaje y se colgó la medalla. Esta mañana han interrogado a los padres de El Mechas. Del Cano está al tanto de todo, incluso de tus movimientos. Tenemos que andar con cuidado, Rojo.

Sintió una presión en el pecho.

—¿Tú también le has informado? —Preguntó hostil.

—No seas gilipollas. Si te lo estoy contando es por algo —confesó peinándose el bigote con los dedos mientras miraba por la ventana—. Sin quererlo, le hemos puesto en bandeja a Pomares la oportunidad para darnos una patada en el culo.

—Ya veremos.

—Eso digo yo —replicó—. Más vale que esto salga bien.

—Saldrá, Gutiérrez.

Situado en el cerro más alto de los cinco que había en la ciudad, el Parque Torres era uno de los espacios naturales más importantes de la ciudad.

Verde, plagado de pinares, césped y palmeras, era concebido como el lugar donde Asdrúbal el Bello, fundador de la ciudad y general cartaginés, divisaba a menudo la belleza de toda la polis. Lugar turístico para las familias que disfrutaban paseando y dando de comer a los patos de los estanques durante el día o tomando fotos junto a los pavos reales que amenizaban los paseos, para convertirse en una madriguera de zalameros, contrabandistas, carteristas y drogadictos.

En lo alto del parque, el Castillo de la Concepción, que había servido de fortaleza hispánica y musulmana, vigilaba mar, cielo y tierra, como había hecho durante la Guerra Civil.

Gutiérrez y Rojo aparcaron en los aledaños de la muralla y subieron a pie hasta la entrada del recinto. La llegada del otoño había cambiado el color del entorno, dotándolo de tonos amarillentos y anaranjados.

Estaba oscureciendo, la humedad del parque se colaba por el interior de sus ropas. Pronto cerrarían las puertas del recinto.

Una escalera de piedra les invitaba a entrar. Las pisadas crujían sobre las hojas secas que había en el suelo.

Los dos inspectores se miraron.

Rojo asintió y ambos caminaron en busca de su hombre.

—Mantente cerca y preparado, pero no llames la atención. ¿De acuerdo?

Gutiérrez afirmó con un leve gruñido.

Quién sabía si estarían solos en aquel lugar.

En silencio, tomaron el camino que los llevaba al mirador.

22

El cielo se teñía lentamente de un tono oscuro. Iba a ser una noche noche limpia, rasa y la vista no podía ser más hermosa. Allí, desde lo alto, junto a la arboleda y los bancos que rodeaban el mirador, se podía contemplar la ciudad entera, con sus edificios y colinas, las ruinas del Teatro Romano, el puerto y, al este, la belleza de la Manga del Mar Menor.

A medida que se acercaban al lugar del encuentro, Gutiérrez y Rojo se separaron. Ambos sabían lo que debían hacer y las condiciones no podían ser mejores: tenían el camino desierto.

Rojo estaba nervioso. Confiaba en sí mismo, una sensación que había casi olvidado.

Tan pronto como llegó a la llanura, contempló la figura de un hombre de espalda ancha y cráneo liso. Estaba de espaldas, a varios metros, disfrutando de la inmensidad de la vista y las luces diminutas. Era como un palomo a punto de echar el vuelo. Lo último que deseaba era asustarlo. La vida moderna había logrado que las personas se olvidaran del entorno que las sostenía.

Calculó los pasos con sigilo para sorprenderlo antes de que se girara, pero una mala pisada hizo crujir un montón de hojas entre los adoquines. De pronto, el hombre volteó la cabeza, lo suficiente como para identificar al oficial. Para su sorpresa, cuando vio el rostro del inspector, cayó en la cuenta de que le habían tendido una trampa.

Rojo estaba en lo cierto sobre aquel día.

Luis Ricarte le había vigilado.

El individuo tomó impulso y se abalanzó sobre el policía antes de que éste reaccionara. Un golpe certero en el estómago lanzó a Rojo contra el suelo. Por arte de magia y entre los arbustos, Gutiérrez se abalanzó sobre él como una pantera. Ambos cayeron, se produjo un forcejeo.

Rojo, dolorido, puso las manos en el suelo y se levantó con fuerza.

Junto a los escalones, Ricarte intentaba ahogar a Gutiérrez mientras que éste luchaba por salvar su vida. Cojeando, el inspector agarró la pistola empuñándola por el cañón y le asestó un fuerte golpe con la culata en la cara. Sonó un fuerte impacto. Acero contra hueso.

Ricarte bramó de dolor y se revolcó entre las hojas. Gutiérrez respiraba panza arriba.

—¿Estás vivo? —Preguntó observando cómo jadeaba el compañero, colorado como un tomate maduro—. Ahora sí que estamos en paz.

Cuando Ricarte recuperó el sentido, no era la ciudad sino los zapatos de los dos inspectores lo que tenía delante de sus ojos. Después de una breve charla con el guardia jurado que se encargaba de vigilar el recinto, los dos policías dispusieron de la azotea para empezar el interrogatorio.

Ricarte estaba sentado en un banco de madera y tenía la boca manchada de sangre reseca. El golpe le había producido una pequeña herida.

Gutiérrez sostenía la pistola en una mano y un cigarrillo encendido en la otra. Rojo miraba desde arriba, expectante a las respuestas del sospechoso.

—Lo sabía, soy un imbécil... —dijo lamentándose cuando despertó—. He caído en la maldita trampa.

—Tendrías que haberle hecho caso a tu hermano —contestó Gutiérrez mofándose de él—. No seas muy duro contigo, chico. En el fondo, te ha tocado la lotería.

—No podéis detenerme, no tenéis pruebas contra mí —respondió nervioso. Su mirada, azul y aún joven, transmitía rabia e impotencia—. Os denunciaré, esto es ilegal.

—Cierra la boca, ¿quieres? —Dijo Rojo—. Si no lo hacemos nosotros, lo harán nuestros compañeros y será peor para ti.

—No nos has dejado opción.

Ricarte los miró desorientado, preguntándose cuál sería su juego.

—Conocemos lo que le pasó a tu hermana y lo que le habéis hecho a esas personas —añadió Rojo—. Un movimiento audaz el de aprovecharse de un drogadicto, pero el ego os pudo y tuvisteis que dejar vuestro sello, ¿es así?. Ojo por ojo, eso es todo... En el fondo, yo también os entiendo.

—Tú no entiendes nada.

La palma de Gutiérrez desplazó la cara de Ricarte, sonando como una barra de madera.

El bofetón le reanimaría.

—Mira, chico, vamos a dejarnos de tonterías —dijo el policía—. Tú y tu hermano estáis de mierda hasta el cuello… Sin embargo, a mi compañero le has dado un poco de pena.

—Podemos ayudarte a que no te comas el marrón tú solo. Te esperan unos cuantos años a la sombra.

—¿Así que tú eres el poli bueno?

Rojo y Gutierrez se miraron como si hubiera contado un chiste gracioso.

—Me temo que no hay buenos en esta historia —respondió Rojo y le propinó otra bofetada. Ricarte ni siquiera se quejó. Estaba a punto de romper a llorar—. ¿De verdad quieres ver cómo crece tu hijo así?

El hombre se desinfló un poco más al escuchar las palabras del inspector.

—Ya no puedo hacer nada por cambiarlo.

—Eso no es del todo cierto —dijo Rojo—, pero empeorar tu futuro no mejorará la vida de tu familia.

El guardia jurado miró al infinito. Hacía fresco. Ahora, Cartagena era un mosaico de luceros y carteles de neón en miniatura que brillaban a lo lejos.

La luna llena resplandecía sobre el mar y las luces del puerto daban color a una noche tranquila.

—Todo fue idea de Ambrosio. Él es quien empezó esto… —comentó. Gutiérrez se aventuró a insistir en que hablara, pero Rojo le hizo una señal para que siguiera en silencio. Estaba relajado, abatido y sin defensas.

Ricarte había tocado fondo y se disponía a confesar, todos lo hacían.

Cargar con un secreto no era fácil. Nunca lo había sido para el ser humano. La necesidad de contarlo todo, de compartir el conocimiento, sentirse comprendido y recibir atención por parte de otros, era uno de los puntos más débiles de la especie. Cuando la presión en el pecho era tan fuerte que la persona hacía esfuerzos por tragarse las palabras, el silencio era la mejor forma de dilatar sus pensamientos. Una exhalación resultaba suficiente para que salieran lentamente al exterior—. Él fue quien me lo propuso.

—¿Qué te propuso? —Preguntó Gutiérrez.

—Pagar mi deuda… —dijo Ricarte avergonzado—. Según él, yo fui el culpable de que Carlota muriera aquella noche…

—¿Y tenía razón? —Cuestionó Rojo.

—¡Por supuesto que no! —Exclamó ofendido. Su expresión tomó un cariz de frustración a medida que recordaba—. Se supone que la iba a llevar yo, bueno, los dos, Miqui y yo…

—¿Miqui? —Interrumpió Gutiérrez.

—El Mechas —dijo Rojo.

A Ricarte le irritó que le interrumpieran. Al parecer, todos lo hacían.

—Carlota llevaba tiempo pidiéndomelo, pero nuestros padres no querían que fuese sola. Yo tenía el carné desde hacía unas semanas, todo planeado… Esa noche había un fiestón en la Central Rock de Almoradí y nadie se lo quería perder.

Los ojos de Ricarte se encharcaron.

—Y no lo hiciste —dijo Rojo.

El hombre miró al policía rogando un poco de misericordia.

—Mis padres se habían ido de viaje a Galicia y le habían dejado el AX a Ambrosio —relató—. Por esa época se estaba viendo con Julia, su actual mujer y no tenía intenciones de dejarnos el coche, pero Carlota era su favorita y supo camelárselo… Pero todo se torció… Esa tarde, estábamos solos e inquietos, así que llamamos a Miqui para que viniera a nuestra casa y nos colocamos más de la cuenta.

—Un momento… ¿Tu hermana también?

—Pues claro, aunque Ambrosio jamás lo reconociera…

Ya os he dicho que era la niña mimada y hacía lo que le daba la gana… —explicó—. Ambrosio nunca me quiso escuchar, pero Manolo, el chulito de mierda ese, era quien le conseguía el éxtasis.

—¿Logró irse sola? —Preguntó Gutiérrez.

—Se le pasó el colocón antes que a nosotros. Me robó las llaves y el resto es historia.

—¿Cómo encontrasteis a Carmelo Antón? —Preguntó Rojo—. Lo último que quiero escuchar es que fue una coincidencia…

—Te mentiría si no fuera así —dijo con una sonrisa de derrota en la cara—. Hará unas semanas, Ambrosio me llamó a casa por la noche, después del trabajo. Algo normal si no fuera porque no me había vuelto a hablar desde el funeral de Carlota. Me dijo que teníamos que tratar un asunto importante, que necesitaba mi ayuda… Ya de entrada, todo me pareció extraño. Quedé con él al día siguiente. Nos reunimos en una cafetería del barrio y Ambrosio actuó como si nada hubiese pasado entre los dos. Me lo olí. Después me contó que un amigo de la policía le había recomendado un detective privado. Se había dejado en él cientos de miles de pesetas para atar los cabos sueltos, encontrar culpables. En el fondo, con los años, terminó por creer que Carlota también se metía pastillas y lo que tuviera delante, y quiso desquitarse. Había perdido la cabeza, estaba obsesionado y tenía un plan en el que había trabajado.

—Y tú se lo permitiste.

—No fue así —dijo mirando a Gutiérrez con seriedad—. Me dijo que, si quería limpiar el nombre de mi hermana, era lo mínimo que podía hacer. Sólo de ese modo me perdonaría.

—A veces, el perdón, te puede costar la vida —dijo Rojo y miró con pena a ese hombre. Luis tan sólo buscaba algo que nunca había tenido, incluso cuando Carlota Ricarte estaba viva: el respeto de su hermano.

Debía de ser extenuante luchar por lo imposible, sobre

todo, cuando se refería a personas—. No fue tu culpa, ni la de tu hermana, pero los testigos vieron cómo saliste de la casa de Avilés tras el asesinato e identificaron tu Ford azul oscuro. Cuanto antes aceptes que tu hermano te ha utilizado en su beneficio, que tú eras parte de su plan para limpiárselos a todos, antes te perdonarás a ti mismo.

—Tal vez, en el purgatorio.

—¿Eres tonto o qué, chaval? ¿Te doy otra a ver si espabilas? —dijo Gutiérrez harto del victimismo de Ricarte—. No me digas que piensas comerte el pastel tú solo.

—Como si me quedara opción alguna…

—Sí, sí que lo eres —contestó Gutiérrez—. Parece que aún no te has enterado.

Rojo se rio.

Nada podía salir mal. Rojo se frotó el mentón.

Del Cano terminaría tragándose sus palabras. Pronto, Pomares estaría en un tren camino de su nuevo destino.

—Por suerte, nosotros la tenemos.

El cómplice atendió a las instrucciones de Rojo y Gutiérrez sin objeciones. Ejecutarían la secuencia al día siguiente. Luis Ricarte tendría las pruebas necesarias para convencer a su hermano. Según su testimonio, no le costaría mucho una vez hubiera visto el expediente. Los agentes debían confiar en su palabra y él en la de ellos. Un trato ciego y nada fácil de aceptar, pero con garantías para ambos. Colaborar le ahorraría unos cuantos años de condena, mientras que no hacerlo, le pondría en el punto de mira de la investigación oficial. Por supuesto, Ricarte siempre podía denunciar la maniobra de los agentes, pero nadie le creería y terminaría haciendo el ridículo.

Gutiérrez se lo había dejado bien claro.

Una vez que Ambrosio decidiera ir a por Pomares, asaltarían el domicilio del inspector después de la jornada de trabajo.

Rojo y Gutiérrez conocían sus horarios, así como la entrada y salida de la familia. Era primordial que nadie sufriera. No se podía derramar ni una gota de sangre. De lo contrario, el problema se haría más grande y las consecuencias acabarían con todos.

Pomares residía en un adosado del barrio Peral, antiguas afueras donde la burguesía local construía sus casas y que había terminado absorbida por el crecimiento de la Transición. Los hermanos Ricarte entrarían en acción a las seis de la tarde, momento en el que Pomares llegaba a su domicilio mientras que la esposa recogía a su hija de la escuela de tenis. Los dos inspectores vigilarían la entrada, asegurándose de que la operación marcharía tal y como habían dictado. Una vez Pomares se encontrara con los Ricarte, Gutiérrez y Rojo se abalanzarían sobre los dos hermanos, deteniéndolos por allanamiento de morada y, posteriormente, como sospechosos principales de los crímenes cometidos. De ese modo, resolverían la investigación, Pomares volvería a la cueva de la que jamás tendría que haber salido y Del Cano aceptaría su error con Rojo.

El inspector no quería una subida de salario ni una foto en los dominicales.

Una disculpa de su superior, le bastaba.

Esa noche, dejó a Gutiérrez en el centro y condujo hasta su barrio.

Encontró aparcamiento a la primera, el Dower's seguía abierto y todavía no eran las doce, pero tenía otros planes. Por fin, las cosas empezaban a marchar de nuevo. En la calle, levantó la vista y vio la luz del salón encendida. Aquello le produjo una agradable sensación, como las que solía tener un año antes.

Elsa todavía estaba despierta, probablemente, viendo algún programa basura en televisión o una película antigua. Cena recalentada, la compañía de su mujer y el calor humano que tanto echaba de menos durante la jornada.

Subió contento hasta la quinta planta, abrió la puerta y cruzó la entrada para fijarse en el salón. Pero la televisión estaba apagada y Elsa fumaba un cigarrillo en el sofá, acompañada del silencio de la noche.

—Ya he vuelto —dijo con voz cansada. La aparente normalidad no le produjo confianza. Puede que necesitara adaptarse de nuevo a ella—. ¿Me estabas esperando?

Elsa miraba petrificada al policía.

Ni siquiera se levantó para recibirlo.

—Vicente —dijo en la distancia—. Estoy embarazada.

23

El sol mañanero golpeaba en el salpicadero del coche. Apenas había dormido y le dolían las articulaciones. Por la radio Tears For Fears cantaban aquello de que todo el mundo quería gobernar el planeta, un lugar que se caía a pedazos. Al menos, el suyo. De todas las cosas que podrían sucederle, ser padre era en lo último que habría pensado. La noticia le llegó como un cubo de agua fría. No la esperaba, ni Elsa tampoco. El mismo temor de siempre, desde que tuvo sexo por primera vez, que la chica se quedara embarazada, siempre y cuando no fuera su esposa, siempre y cuando no fuera su elección.

Cuando escuchó la noticia, se abrazaron como respuesta a la incertidumbre. Ninguno de los dos sabía qué hacer, ni qué pensar. Los descuidos se pagaban y caros pero, a la vez que temía el turbio futuro que le acontecía, se sentía lleno y satisfecho por haber creado algo de tanto valor.

La postura egoísta de atribuirse la existencia de otros, que alguien se sintiera en deuda con él. El error fatal que todas las personas cometían.

Se preguntó cuántas personas habrían llegado a este mundo por accidente y cuántas de éstas cargarían con la verdad.

Salió del lapso cuando alguien golpeó la ventanilla del vehículo desde la calle. Era Félix y caminaba hacia el bar. Rojo bajó el cristal.

—¡Hombre, Rojo! —Dijo con voz jovial—. ¡Dichosos los ojos que te ven! No me digas que has dormido en el coche…

—No, no… —contestó él y sonrió. Le pareció admirable que aquel hombre siempre estuviera de buen humor, incluso en las peores cruzadas—. He dormido mal, eso es todo.

—Anda, vente al bar, que te invito a un café. Eso faltaba, la ley trabajando a medias…

Aceptó la invitación y se dirigió al Dower's junto al propietario. El bar estaba abierto, la clientela era escasa para ser la primera hora de la mañana y por la televisión una reportera local hablaba sobre la investigación que el Cuerpo de Policía Nacional había reabierto para aclarar lo sucedido con Carmelo Antón, el matrimonio Avilés y Manolo Torres, al que le habían encontrado cuatro millones de pesetas en el interior del apartamento.

Como una fuerza magnética, no pudo evitar pensar en Elsa. Se preguntó qué habría hecho con el millón de pesetas desaparecido.

Félix sirvió el café y señaló a la televisión.

Por la pantalla salían imágenes de archivo de la residencia de los Avilés y el paseo Alfonso XIII.

—La que tenéis montada con estos… —comentó allanando la conversación para que el policía le contara algún chascarrillo con el que alimentar el día—. No me extraña que no te dejaras ver por el bar. Echará humo la comisaría.

—Siento decirte que no sé nada —contestó—. Estoy suspendido temporalmente, Félix.

El dueño levantó una ceja.

—Habrá sido grave, supongo.

—Tengo problemas con ciertos autoritarismos… Gracias por el café.

—Vaya, lo siento —dijo y prosiguió—. Pues menudo culebrón de media tarde. Parece esto una novela de Hércules Poirot...

—¿Por qué lo dices?

—Han dicho que el profesor ese y los otros dos, estaban compinchados. Que, al parecer, no lo hizo el chico que detuvieron, sino que iba acompañado —explicó y señaló a la pantalla. Ramiro Ruiz, el padre de El Mechas, salía hablando ante una cámara—. Mira, mira...

—Mi hijo no será inocente, pero tampoco debe quedar impune quien le coaccionó —declaró—. Ruego y confío en la Policía para que encuentre a ese hombre lo antes posible.

Despreciable.

Rojo volvió la vista al café.

Era cuestión de tiempo que ese hombre hablara con Del Cano y los suyos.

Al final, todos acababan faltando a su palabra, todos acababan rindiéndose ante la necesidad.

—Pobre hombre, aunque si su hijo es culpable...

—Voy a ser padre, Félix —dijo Rojo cortando el tema—. Padre.

Buen golpe.

La noticia dejó fuera de juego al empresario, que echó las manos a la barra metálica para aguantar el equilibrio. Después, su rostro cambió, dibujando una sonrisa desatada.

—¡Pero qué dices! —Gritó eufórico—. ¡Enhorabuena, hombre! ¡Menudo notición!

El inspector seguía impasible mirando la taza de café.

—Gracias.

—¡Pero, hombre! ¿Qué cara es esa? ¿Eres de piedra o qué?

—Baja el volumen, anda...

Félix agarró una botella de coñac Terry y colocó dos copas pequeñas de cristal sobre la superficie de aluminio. Luego retiró el tapón.

—¿Y bien? ¿Quién es la afortunada? —Preguntó en su línea y sirvió el destilado—. Joder, muchacho, te notaba rarito, pero no me lo habría imaginado… Cómo te lo tenías guardado, pichón.

Rojo esperó a que terminara de verter el líquido, por si se arrepentía.

—Elsa me lo dijo anoche.

Como bien hubo augurado, Félix se echó hacia atrás y cerró la botella con lentitud. Otro sopapo mañanero a cuenta del inspector. Rojo, sin esperar a un brindis que tal vez no llegase, agarró la copa con la palma de la mano y dio un largo trago. El alcohol quemó su garganta y le hizo entrar en calor. Para él, funcionaba mejor que el café, pero un néctar así sólo era efectivo en su justa medida.

—Esa es la mujer…

—Sí —contestó—. Hemos vuelto y ahora vive en mi casa.

—Pero, Rojo, hombre… No es por meterme donde no me llaman…

—Pasó, Félix. No hay más.

El hombre agachó la mirada y frunció el ceño. Después observó las imágenes de la televisión y regresó al oficial.

—Si ocurrió fue porque ambos lo buscasteis —respondió finalmente—. La vida no se crea sin una intención, pero qué importa eso ahora… No sé si esa mujer es la más indicada para ti, pero quién soy yo para decirte nada, cuando cada día me pregunto lo mismo… Vas a ser padre y tu vida cambiará para siempre, ya lo creo… Lamentarse ahora, no merece la pena.

El regusto a coñac se quedó en las papilas gustativas, así como la primera frase del empresario.

A diferencia de Félix, el oficial no lo había buscado.

Los primeros versos de la canción de Tears for Fears volvieron a su cabeza a modo de epifanía, un zumbido ensordecedor que frenó la marabunta de ruidos procedentes del exterior.

Se preguntó si trayendo una criatura al mundo era la

única forma de que, Elsa y él, fueran capaces de gobernar sus corazones sin destruirse antes.

La hora del encuentro se acercaba. Rojo se despidió de Félix y regresó al coche para reunirse con Gutiérrez. Habían planeado comer juntos, repasar el plan y acudir al domicilio de Pomares dos horas antes para hacer guardia.

El oficial conducía tranquilo aunque desconcertado. En cierto modo, era como si su vida volviera a enderezarse lentamente. Un hecho inusual, chocante y, cuanto menos, sospechoso.

Cruzó la alameda y recogió al inspector Gutiérrez junto a una cabina telefónica de color azul y verde. Gutiérrez iba vestido como siempre, desaliñado y con la expresión tensa. Pronto acabaría todo, pensó Rojo al ver a su compañero a lo lejos. Ellos dos volverían a la vida normal, se librarían de Pomares de por vida y esos dos hermanos dormirían juntos entre rejas. Lo único que debían asegurar era que todo fuese según lo planeado. Rojo no podía decir que se fiara por completo de Ricarte. Las personas con inestabilidad emocional siempre resultaban ser imprevisibles. Así que contaba con que su torpeza les aventajara y Luis Ricarte se viniera abajo por la presión antes de que cometiera alguna estupidez. En cualquiera de los casos, estaba seguro de que ambos terminarían el día en el interior de un zeta.

Gutiérrez se subió al vehículo desprendiendo un ligero malestar con sus movimientos. No era necesario entender demasiado sobre lenguaje corporal para ver que algo no marchaba bien. Apestaba a humo mezclado con colonia. Tenía la mirada enrojecida y el rostro apagado.

Sacó un cigarrillo de un paquete aplastado y se lo puso entre los labios.

Viajaron varias calles en silencio. De fondo sonaba una tertulia radiofónica en la que hablaban de la vida en pareja. Rojo giró el dial y apagó el sonido. Entonces se detuvieron en un semáforo.

—¿Listo? —Preguntó girando el rostro. Su compañero tenía la vista perdida en un punto del horizonte—. Pensé que esta historia no terminaría nunca.

Gutiérrez no contestó.

Su cuerpo se zarandeó ligeramente y después se quedó quieto. La luz se volvió verde y Rojo movió el coche.

—No sé si es porque estás triste o porque estas situaciones te ponen de los nervios —dijo buscando la manera de reanimar a su amigo—. Si es por tu hija, no montes un drama, que vive a dos horas de aquí.

Gutiérrez se zarandeó de nuevo y puso las manos sobre la manivela para abrir la puerta.

—Para el coche, Rojo —dijo y lanzó el cigarrillo encendido por la ventanilla—. Para ahí.

Pero el inspector no entendió nada.

—No puedo parar ahí, ¿qué pasa?

—¡Pues para más adelante, pero para el jodido coche!

Gutiérrez estaba nervioso, fuera de sí. Era incapaz de mirarle a la cara.

Sin más discusión, se echó a la derecha y estacionó en uno de los laterales de la vía, junto a un árbol.

—¿Se te ha ido la cabeza? —Preguntó el oficial.

Con el bigote tenso, inclinó la cabeza hacia abajo y se cubrió el rostro con las palmas de las manos.

—No puedo, no puedo hacerlo…

—¿Qué?

—Tiene el VIH —dijo con la voz apagada—. Felisa se ha contagiado de sida.

Toda la tensión se marchó de golpe. El interior del vehículo se convirtió en una cámara limpia de pensamientos.

Rojo no supo qué decir, ni cómo animar a su compañero. Las palabras no siempre eran necesarias.

Aunque no lloraba, era la primera vez que veía a su compañero en ese estado, derrotado, completamente abatido. Nunca pensó que Gutiérrez se vendría abajo, ni siquiera por su familia. Pero, como él, todos tenían un talón de Aquiles capaz de tumbar la fortaleza interior más alta.

Rojo alzó la mano sobre el hombro del compañero como gesto de compasión. Gutiérrez no esputó palabra. Respiraba profundamente, relajado. Seguía sumido en su nebulosa, con los ojos cerrados y el rostro tapado. Por unos minutos, allí dentro, el tiempo dejó de correr. Eran dos hombres libres, atrapados por una realidad inaceptable que esperaba al otro lado del cristal.

—¿Cuándo ha sucedido?

—Lo sabe desde hace un mes... —dijo saliendo del trance silencioso—. Había venido a contármelo.

El conocido cáncer rosa, la enfermedad que se estaba llevando cientos de vidas desde finales de los años ochenta en España, la mayoría, a causa de la heroína. Los tratamientos para su curación apenas habían avanzado por lo que, portar VIH, era una sentencia de muerte segura.

El uso de anticonceptivos fracasaba en un país desatado que luchaba, a partes iguales, para deshacerse del hedonismo propio de una nueva democracia y los valores conservadores del pasado. Las consecuencias sociales a esos cambios terminaban mal. El ser humano siempre había sido tan pasional, que la contención jamás era concebible para quien carecía de sentido común.

Ambos inspectores conocían los efectos de la enfermedad y cómo ésta había terminado entre las calles españolas como un turista desorientado. Lo veían a diario en los rostros de muchos jóvenes que, junto con la droga, habían convertido sus cuerpos en perfectos campos de sufrimiento.

—Pero, ¿cómo? —Preguntó Rojo. No quería sobrepasar los límites de su confianza y ofender al compañero—. ¿Ella consume?

—¡Qué cojones! —Exclamó encendido—. Gracias a su padre, Felisa no es capaz de terminarse un vaso de vino... Fue un maldito hijo de puta con el que salió unas semanas. Pensé que no había cuajado porque le gustaba demasiado la fiesta. Estaba infectado y no le dijo nada antes de que se acostaran… ¿Ahora qué, Rojo?

Las palabras de Gutiérrez también afectaron al compañero.

No tenía respuesta a su pregunta. No, al menos, la que él quería escuchar.

—Ya conoces la ley —contestó el inspector—. No están obligados a decirlo, no es un delito.

—Tampoco lo son muchas otras cosas en este país de mierda —respondió tenaz—. El problema es que nos importa un carajo hasta que nos pasa a nosotros y después, ¿qué? Ni Dios nos ampara. Pero no pienso dejar esto así.

—Te está perdiendo la boca, Gutiérrez. Tienes que calmarte.

Su compañero estaba decidido. No parecía nervioso, ni siquiera tenso. Había descargado el secreto, lo había compartido con quien más confianza tenía y, una vez expuestos los motivos, estaba listo para marcharse.

—Lo siento, Rojo —dijo y abrió la puerta—. No espero que me perdones, sólo que me entiendas. Mi hija me necesita.

Nadie podía pararlo, ni siquiera él.

Gutiérrez abandonó el vehículo y echó a andar en dirección contraria a la de los vehículos. Con paso sosegado, siguió en línea recta sin mirar atrás. Rojo lo seguía con la mirada, sin pensar en otra cosa, rezando para que se arrepintiera. En el fondo de sus entrañas, sabía que no dudaría, que estaba haciendo lo correcto y que Gutiérrez jamás daba un paso atrás, ni siquiera cuando tenía que abandonar a un compañero en una misión tan complicada como aquella. Por primera vez, entendió, a su manera, lo importante que era tener un hijo y el dolor que podía causar. Lo que le sucedía a Gutiérrez, pronto le podría pasar a él y la idea le agitó el corazón. El policía se convirtió en un punto minúsculo del espejo retrovisor y Rojo recuperó la atención al volante.

Las llaves estaban puestas en el contacto y el motor

apagado.

Giró de nuevo la rueda del dial y la tertulia de la radio volvió a los altavoces.

Todo se torcía con rapidez.

Había sido un mero espejismo. La vida golpeaba donde más dolía.

Miró el reloj del coche y giró la llave.

Estaba solo, sin Gutiérrez y contra el cuerpo entero. Demasiado tarde para detener a los Ricarte. Demasiado tarde para tomar una carretera sin destino y abandonar esa ciudad para siempre. Tal vez lo fuera, tal vez no, pero huir nunca solucionaba los problemas y su relación con Elsa era una muestra de ello.

Le costó aceptar que todos sus planes de futuro se podrían derrumbar en unas horas. Quiso explotar, pero tenía que controlarse. Sólo le quedó una opción: todo o nada.

El motor rugió de nuevo y Rojo introdujo la primera marcha.

24

Una hora y media antes del encuentro, Rojo esperaba a unos cien metros de la vivienda de Pomares en el interior del coche. Había decidido comprar un emparedado de jamón y un café en una gasolinera. La radio estaba apagada. Esa tarde no requería más compañía que la de sus pensamientos.

El barrio de Pomares era tranquilo, familiar y seguro. La casa del inspector tenía dos plantas y un parcela limitada por una verja de hierro y un muro de cemento. Tenía sentido, aquel pelirrojo se lo había montado mejor que él. Pero, quién no lo hubiese hecho, partiendo de una situación como la suya.

Los monstruos como él no tenían cabida en la sociedad, ni eran aceptados ni tenían la necesidad de serlo. Así que optó por la vía más rápida y eficaz para pasar desapercibido. El caso de Pomares era una evidencia más de cómo la ley no siempre era justa, ni la sociedad tampoco. Sin embargo, el tiempo jamás perdonaba, ni a los buenos, ni a los malvados, y ahora se estaba cobrando el error de haberlo dejado vivo.

Rojo no tardó en olvidar que pronto sería padre de una criatura. La alegría sólo le había durado unas horas. Demasiadas emociones juntas. Tampoco había sido capaz de contárselo a Gutiérrez. La mente siempre sabía cuándo dejar para más tarde las responsabilidades y los cargos de conciencia. Aunque lo habría deseado de otra manera, no pudo evitar pensar en ella, en los dos. Qué estaría haciendo, qué pensaría de lo que estaba ocurriendo, por enésima vez, entre ellos; qué habría decidido hacer con el niño. La lista de tareas se hacía más larga y Rojo no veía fin a una cantidad de conflictos que se amontonaban.

Puede que Félix tuviera razón, que Elsa no fuera la mujer más conveniente para él, pero debía ser consecuente con sus actos.

Pensó en su padre, en los consejos que le dio y que nunca llegó a tomar.

No te obsesiones por estar con todas, le decía, sino preocúpate de encontrar a una que te quiera.

Pero ya había decidido, escogiendo a la que él amaba, aunque no fuera un amor correspondido.

Sumido en un océano de reflexiones y cuestiones personales, vio el vehículo de Pomares entrar en la vivienda. Llegaba antes de lo previsto, señal que ayudaría al inspector para ganarle tiempo a los hermanos. Como un perro pastor, siguió concentrado con la mirada al compañero, sin perder detalle de cada uno de sus movimientos. Una vez Pomares hubo entrado en la vivienda, Rojo abandonó su puesto y caminó hacia la verja. Después pulsó el botón del timbre.

—¿Sí? —Preguntó la voz del policía.

—Abre, Pomares —contestó el oficial—. Soy Rojo.

—¿Me has seguido? —Preguntó sin cuestionar nada más.

—Abre, maldita sea. Es importante.

La comunicación se cortó y se escuchó un ruido eléctrico procedente de la frontera metálica. Rojo cruzó la entrada, miró a su alrededor y encontró un pequeño jardín y el sedán de Pomares. De seguido, la puerta de la vivienda se abrió y Pomares no tardó en mostrarse hostil con su visita.

—Ahora me vas a explicar qué coño haces aquí —dijo sin invitarle a que entrara.

Rojo caminó apresurado para evitar levantar la voz. Miró el reloj. Debía mantener la calma. Tenía veinte minutos para convencer al policía para que colaborara, sin mencionarle que lo habían usado como cebo.

—Escucha, hay algo que debes saber sobre la investigación —dijo Rojo, pero el policía se mostraba reticente—. Hemos cometido un error.

—Te tengo que pedir que te largues, Rojo —ordenó el pelirrojo desde el umbral—. Si crees que haciéndote el buenazo vas a conseguir algo, la llevas clara. Estás en la mierda, tú y Gutiérrez. Pronto os perderé de vista para siempre.

—Pomares, van a por ti.

—¡Que no me cuentes historias! —Gritó molesto—. Maldito manipulador… Si no te he partido las piernas antes, ha sido porque sé que este día llegaría en algún momento. Lárgate antes de que vaya a por ti.

Rojo no hizo caso al desprecio. Pomares no merecía menos, seguía siendo el mismo ser despreciable. Un año de tortura no había cambiado nada.

La única razón por la que no podía dejar que se ensañaran con él, era su implicación en el plan. Si le pasaba algo, tarde o temprano, Luis Ricarte cantaría, como ya había hecho antes.

Ante la figura impasible de Pomares, Rojo lo empujó hacia el recibidor de la vivienda. La puerta se cerró. Ambos cayeron al suelo frío y duro. La mala forma física de Rojo hizo que su compañero se aventajara. Pomares era más ágil y fuerte.

Lo agarró del cuello con una mano y le propinó un puñetazo en el rostro con el otro puño. Rojo sintió un fuerte dolor en la mandíbula. No sabía si seguiría entera. Después volvió al suelo y, antes de recomponerse, sintió el puntapié del policía en su barriga.

El golpe lo dejó sin ganas de continuar.

—No te puedes imaginar cuánto tiempo había soñado con esto —dijo con una sonrisa diabólica—. Alegaré que te colaste en mi casa… Una pena que tu novio no esté aquí para verlo.

La punta de la bota de Pomares golpeó el lomo del oficial en el suelo.

Otro impacto certero. Si se quedaba allí, ambos llenarían los obituarios.

—Pomares, tienes que escucharme…

—No, saco de mierda —dijo desde lo alto—. Me vas a escuchar tú a mí…

De pronto, la luz de la vivienda se apagó.

El pelirrojo se detuvo y miró al techo confundido.

—¿Qué ha sido eso?

—Mierda… —murmuró Rojo.

Antes de que Pomares volviera a hablar, una sombra se acercó por la espalda. Se oyó un impacto hueco y montones de pedazos de cerámica volaron por el pasillo. Rojo vio las flores, después el jarrón esparcido en trocitos y, por último, a Pomares tambaleándose para caer contra el suelo.

25

Nada de lo que había planeado le había salido bien.

Ni siquiera aquello.

Aturdido, comprobó en la escasa distancia cómo su compañero seguía con vida, aturdido por el golpe y con una brecha en la cabeza. Frente a él, y erguidos, los dos hombres de negro, tal y como había pronosticado. Pronto llegaría la mujer de Pomares con su hija. La tragicomedia estaba asegurada.

Pese al pasamontañas negro, Rojo reconoció la figura de Luis Ricarte, que esperaba junto a la puerta a la sombra de su hermano. Menos corpulento aunque más alto, Ambrosio jadeaba como si el golpe le hubiese hastiado. De su cintura, cubierta por una funda oscura, colgaba la daga romana con la que daban el estoque final.

Ambrosio parecía tranquilo, como un cazador profesional. Sabía lo que hacía, pero su hermano era un manojo de nervios.

En un ligero instante, las miradas del policía y el asesino se cruzaron. El dolor físico le impedía concentrarse y no supo interpretar las señales. Pensó que Luis Ricarte estaría nervioso por la ausencia de Gutiérrez o porque no era así cómo tenían que haberse encontrado.

—Vaya, vaya… —dijo Ambrosio—. Parece que te

ganas los enemigos a pulso.

Pomares abrió los ojos y miró a Rojo. Sintió asco y odio hacia él pero no se iba a rendir. Tenía fama de violento, capaz de morder hasta el último latido.

Flexionó una rodilla y se puso en pie recuperando el aliento.

—Os habéis equivocado de casa, hijos de puta…

Las palabras no esperaron en recibir respuesta.

Ambrosio le cruzó un gancho que lo devolvió a la pared.

—Terminemos con esto de una vez, hermano —dijo Ambrosio, desenfundó el arma y se la entregó a Luis Ricarte—. Hazlo por Carlota, yo me encargo del otro.

Las manos de Luis temblaban ante la supervisión del hermano.

El chico volvió a mirar a Rojo, que buscaba el modo de alzarse contra ellos por sorpresa.

—¡No lo hagas, Luis! —Exclamó Rojo usando la confusión como su última carta—. ¡No cometas el error!

Ambrosio se acercó al policía y le pateó la cara hacia un lado. Rojo escupió un flemazo al suelo, cargado de mucosa y sangre. Las fuerzas se esfumaron.

Cuando el mayor de los Ricarte advirtió el bulto en la chaqueta del inspector, no dudó en arrebatarle la Star que guardaba. La débil resistencia de Rojo no fue un impedimento para que el asesino le golpeara de nuevo en el costado.

Se oyó un golpe seco.

Estamos muertos, pensó, pero Pomares todavía respiraba.

—¿Qué cojones? Lo sabía… —murmuró respirando con intermitencia. Se giró hacia su hermano y le apuntó con el arma—. Mira que lo sabía desde el principio… Eres un cerdo traidor. Me has vendido a la Policía.

Pomares parecía recuperar el conocimiento cuando Ambrosio Ricarte se dirigía a su hermano. Ahora o nunca, pensó Rojo al ver una oportunidad única para echarlos al suelo, pero necesitaría ayuda. Él no estaba en condiciones de tumbar a nadie.

—Baja el arma, hermano, te lo puedo explicar…

—Más tarde… —contestó sereno. Conocía lo que venía después. Luis Ricarte todavía sostenía la daga asimétrica con la que habían matado a Avilés, a su mujer y al proyeccionista. La pregunta era quién sería el siguiente. Pomares o Rojo. La hoja del cuchillo impresionaba. Tenía el tamaño de una trucha, capaz de atravesar frontalmente el estómago de una persona—. Ahora, mátalo.

—¿Qué? —Preguntó el hermano—. Ese hombre es inocente, no tiene nada que ver con esto, Ambrosio.

Rojo se apoyó contra el tabique y recuperó el equilibrio. Los dos hermanos seguían con la discusión.

—¿De verdad te importa? ¿Acaso te has preguntado cómo me siento al saber que mi propio hermano me ha traicionado?

—No lo hagas, Luis… —repitió Rojo. Si acertaba con la zancada, podría recuperar la pistola.

—¡Tú te callas! —Gritó el hermano mayor—. ¡Joder!

El inspector no lo dudó. Aprovechó el momento de histeria para desequilibrar al asesino. Todo o nada. La vida era un riesgo continuo. El peso de su cuerpo golpeó contra el brazo. El arma se disparó por accidente provocando un estruendo y un agujero en el techo. Después la pistola cayó sobre el suelo de mármol. Pomares seguía aturdido, aunque consciente. Se levantó como un felino, sacó la pistola del cinto y apuntó al joven con la daga.

—Tira el arma al suelo y todos quietos. Un paso en falso y os juro que os agujereo el pecho —dijo con la cara manchada de sangre. Miró a los demás. No temblaría en tirar del gatillo—. Ahora, me vais a explicar qué cojones está sucediendo aquí.

—Pomares… —dijo Rojo a un lado, alargando el brazo, pero su compañero no parecía estar de su lado.

—He dicho todos… —contestó y contempló la escena que tenía delante.

Rojo a punto de ser detenido, junto a los dos criminales más buscados de la ciudad. Todos, en la misma habitación. Lástima que el gordo no estuviera, pero podía vivir con ello—. Me cago en todo. Tiene que ser mi día de suerte.

Ambrosio Ricarte aguantaba las lágrimas de impotencia mientras que su hermano temblaba asustado con las manos en alto. Que el inútil de su compañero lo hubiese usado como cebo, había valido la pena. Pomares ya imaginaba su rostro en todas las cadenas y su silla en el despacho de Del Cano.

Pero, de pronto, uno de ellos habló saliéndose del guión.

—Lo siento, hermano —dijo Ambrosio Ricarte. Bajo la supervisión del resto, se agachó en un movimiento rápido, agarró la daga y apuñaló a su hermano de frente, repetidas veces hasta dejarlo sin habla. Luis no pudo resistirse. El cuerpo, con la expresión pálida y los ojos abiertos, se empotró contra la pared blanca, dejando un largo rastro de líquido rojo. Pomares tardó en reaccionar. La escena superó las expectativas. Cuando Rojo se movió para recuperar el arma, un estruendo lo paralizó.

El cañón de la Star de Pomares se disparó tres veces.

Los casquillos rebotaron contra el suelo.

Ambrosio se tambaleó fuerte y tenaz, con el arma todavía empuñada, a pesar de cargar con los hombros llenos de plomo. El pelirrojo había disparado con el propósito de dejarlo vivo, pero tres balas no fueron suficientes. Antes de perder el sentido, miró a los agentes y sonrió con la boca manchada.

—Ahora me puedo morir en paz —dijo y se despidió clavándose la daga en el ombligo.

Los agentes intentaron evitar el fatídico final de Ricarte, pero era ya tarde. Ninguno de los dos respiraba.

Sirenas de ambulancia y coches patrulla se oyeron al otro lado de la puerta.

Todo había terminado.

Rojo y Pomares se encontraron, esta vez, como dos

conocidos tras un largo periodo de tiempo. El inspector Rojo volvía a sonreír, aunque desconocía cuánto le duraría esa alegría pasajera.

Pronto llegaría una conversación entre los dos.

Pomares había perdido de nuevo y no podía ocultar la rabia.

Estaba arrepentido de no haberle matado a él también.

El sol se ponía y los rayos del sol anaranjados cruzaban los ventanales de la casa. Los habitantes del barrio no tardaron en salir a la calle para saber qué había sucedido en la vivienda del inspector. Cuando la mujer de Pomares llegó acompañada de su hija, ambas rompieron en un llanto pavoroso y desconcertante.

Los zetas se amontonaban alrededor de la entrada y Rojo aprovechó la confusión para largarse de allí con un cigarrillo en la mano, pero la jugada no le salió como a él le hubiera gustado.

Del Cano llegaba en un coche patrulla acompañado de otros dos agentes. Tan rápido como lo vieron escabullirse, el Seat Toledo activó la sirena para que Rojo se parara. El comisario salía del vehículo uniformado y abrigado con una gabardina negra.

—¡Rojo! —exclamó a varios metros de distancia. Ante todo, había que mantener la jerarquía. El inspector se detuvo—. ¡Nos han informado de lo ocurrido!

—No sé de qué me habla, Comisario… —respondió de espaldas viendo cómo el cielo se convertía en una paleta de colores cálidos y apagados.

—Gutiérrez nos lo ha contado todo —contestó.

De puta madre, grandullón.

No era momento para preguntas ni porqués.

Rojo se giró y encaró al superior en la distancia. El aire soplaba. Del Cano tenía los ojos entrecerrados, expectante, a la espera de una respuesta. La puerta trasera del vehículo seguía abierta y los otros dos agentes permanecían en el interior.

—¿Me van a cesar?

—No… —contestó el Comisario—. Me gustaría hablar con usted… en privado. Quizá podamos arreglar este malentendido.

Pensó en que sería padre pronto, en la parte de él que llevaba Elsa.

Pensó en ellos como una familia.

Harto de huir sin ser consecuente con sus actos, creyó que su redención también había llegado.

—Lo siento… pero tendrá que esperar a mañana, comisario —dijo dando una calada al cigarrillo—. Anoche me enteré que voy a ser padre… No espero que me perdone… sólo que lo entienda.

Con Del Cano en la sombra, Rojo tiró la colilla por un desagüe y caminó calle arriba en busca de su coche sin remordimiento alguno.

Nunca era tarde para empezar de cero, todo momento era oportuno para disfrutar de la incertidumbre que la vida regalaba a diario.

Tras cruzar el paseo Alfonso XIII y girar para llegar a su casa, vislumbró desde la ventanilla un ligero alboroto en la calle. La sirena de una ambulancia se perdía entre los coches de la calle Carlos III. Los vecinos se agolpaban alrededor de la puerta del bloque de viviendas donde residía el oficial.

Rojo detuvo el coche, tuvo un mal presentimiento de esa escena.

A lo lejos, reconoció la figura de Félix hablando con las empleadas de la tienda de ultramarinos. El inspector corrió hacia ellos. Tenía el corazón en un puño. Cuando el propietario del bar sintió su presencia, se giró con el rostro descompuesto.

—¿Qué ha pasado, Félix? —Preguntó exaltado—. ¿Qué hace toda esta gente en la puerta de mi casa?

—Rojo, menos mal que has venido… —dijo el hombre preocupado, sin saber muy bien cómo contarle la noticia—. He intentado localizarte en la comisaría, pero no había forma…

—¡Al grano, Félix!

—Elsa, tu chica… —dijo y señaló a la furgoneta blanca y roja que había alcanzado el final de la calle—. Se la han llevado…

Maldita sea, Elsa. En qué diablos estarías pensando.

Nada había cambiado.

—Dime que…

—Una vecina llamó a la Policía después de que no contestara… —respondió—. La música estaba demasiado alta. Dicen que ha sufrido una sobredosis…

El mundo de Rojo se hacía más y más pequeño. Estaba agotado, no tenía fuerzas ni para lamentarse.

—¿Y el bebé?

Félix se encogió de hombros.

—No lo sé, Rojo.

26

Todo en la vida tenía arreglo menos la muerte y eso era algo de lo que Rojo estaba convencido. La tormenta de problemas amainó con los días y el ciclo natural de los hechos restauró el aparente orden en la ciudad.

La colaboración extraoficial de Rojo en el caso levantó las ampollas de la opinión pública, que se cuestionó la autoridad de Del Cano y la eficiencia de sus hombres. Resultaba, cuanto menos, de película, que la astucia de un agente hiciera el trabajo que toda una oficina había sido incapaz de resolver.

Días después llegaron las disculpas, las condecoraciones y las declaraciones a los medios de comunicación. Del Cano cambió de actitud y, de pronto, era como si regresar a la comisaría se hubiera convertido en una actividad placentera.

Los jueces condenaron a Miguel Ruiz por el asesinato del profesor Avilés y su mujer. Nadie lloró la pérdida de los dos hermanos protagonistas de aquella funesta historia.

De pronto, la prensa y los programas de televisión nacionales tenían algo de que hablar. El morbo vendía y el dinero siempre era un goloso aliciente para seguir machacando a los espectadores. Una triste costumbre que se acrecentaría con el paso de los años en los medios de comunicación.

Respecto a Pomares, harto de la presión bajo la que vivía, no tuvo más remedio que pedir el traslado a San Sebastián y llevarse a su familia consigo, ciudad temida para militares y agentes del orden por la fuerte actividad de la banda terrorista E.T.A., aunque un lugar seguro para los monstruos que, como él, llevaban una doble vida.

El despacho volvía a la normalidad y, una vez cerrada la investigación del caso Ricarte, el trabajo se limitaba a una monotonía necesaria aunque solitaria.

Pero no sólo Pomares había abandonado el despacho.

Gutiérrez se había tomado una excedencia de un año por asuntos propios. Rojo temía lo peor de esa noticia, pues Gutiérrez no funcionaba sin trabajo ni rutina. Sin una explicación clara, se marchó para cuidar a su hija, o esos fueron los motivos que alegó, aunque ambos supieran que la razón era otra.

—Gracias —dijo Rojo.

—Tendrás noticias mías —le dijo en la puerta de la comisaría antes de marcharse—, cuando llegue el momento oportuno… Y, no lo olvides, si te las ves jodidas… Piensa como si tu padre estuviera muerto.

Las palabras del compañero se grabaron como un hierro ardiente en la memoria.

Esa sería la última vez que vería a su compañero en un largo periodo de tiempo. Sólo Gutiérrez sabía lo que hacía. El resto era un misterio.

Se despidieron con un fuerte apretón de manos.

El maestro abandonó al estudiante.

—Pensaré como si aún estuvieras aquí.

27

Dicen que el tiempo lo cura todo, aunque éste no sea capaz de hacer desaparecer las cicatrices que quedan para siempre. Marcas que recuerdan los errores del pasado, registros que forman a las personas y las convierten en quienes realmente son y no quienes dicen ser.

A diferencia de lo que muchos creían, Rojo sabía que sólo las vivencias forjaban el carácter. Lo soñado contra lo desvivido, lo anhelado contar lo que jamás existió y quizá pudo ocurrir. Pero, por mucho que lo deseara, no quedaba más realidad que la del presente, un lugar incierto aunque seguro, un instante efímero frágil y volátil, capaz de arruinarse a pesar de lo planeado.

Para su fortuna y la de Elsa, la sobredosis no llegó a más que un trágico susto sin mayores consecuencias. Ella tenía un problema y Rojo estaba dispuesto a ayudarla.

Los meses pasaron. Elsa aceptó ingresar en una clínica de desintoxicación que le ayudara a recuperar la vida que nunca había tenido. Un periodo duro para los dos que no dificultó el desarrollo de su embarazo.

Finalmente, nueve meses más tarde y en un parto natural, Elsa traía al mundo a Felipe, el primer y único hijo de la pareja. La luz que devolvió a Rojo las ganas de seguir viviendo.

Pero no fue el único cambio para el inspector.

Poco después de la despedida de Gutiérrez y Pomares, Rojo aceptó el traslado a la ciudad de Alicante como Inspector Jefe de la Brigada de Homicidios. Excusa perfecta para marcharse de allí, dejar la contaminación de cada mañana, cambiar de coche, de vida, por supuesto, de máscara. Un paso adelante que devolvería a Elsa al mundo que pertenecía, al real, además de alejarla de las tóxicas calles de la ciudad portuaria.

Y no se equivocó.

Tres años después del trágico episodio, Felipe daba sus primeros pasos.

Elsa volvía a ser la mujer que había conocido. Todavía frágil, aunque libre.

Tenían mucho trabajo por delante, pero ambos sentían la fuerza necesaria para afrontarlo. Sin embargo, tres años no eran más que una cifra, un periodo incierto que no siempre tenía por qué significar un progreso.

Una tarde domingo, Rojo observaba al niño dormir frente a la televisión. Desde la ventana se apreciaban los mástiles de los barcos atracados en el puerto marítimo. Padre e hijo esperaban a Elsa en casa, tras una nueva sesión de terapia emocional. Había pasado con éxito la desintoxicación física, pero quedaban muchas piezas por encajar en un puzle demasiado grande.

La mujer, que había cambiado su imagen oscura propia de la música rock que escuchaba, ahora lucía una melena rubia larga y cuidada y prendas de colores blancos o pastel. A él le gustaba el cambio y le hacía feliz ver que, poco a poco, ella comenzaba a aceptar su pasado.

Cuando cruzó el umbral de la entrada, dejó el bolso y una revista sobre el recibidor. La imagen del inspector junto a su hijo era dulce y entrañable.

—Ya estoy en casa —dijo con una sonrisa, mostrando unos labios de carmín que se negaban a envejecer con los años. Le lanzó un beso en la distancia y caminó hacia el interior del dormitorio.

Curioso y con ganas de abrazarla, se acercó hasta la entrada y miró la portada del panfleto que había traído.

Uno de esos folletos que los mormones dejaban en las puertas de los domicilios. Lo ojeó por encima. Violeta, una psicóloga residente en Helsinki, impartía una conferencia gratuita sobre espiritualidad y entendimiento del alma.

—Los Hermanos del Silencio —Murmuró en voz alta—. Hay que joderse…

Elsa apareció de la nada y lo abrazó por detrás, dejando que el perfume embriagara sus sentidos. Después, le arrebató el folleto de las manos y lo guardó en el bolso.

—¿Desde cuándo eres tan cotilla, Vicente? —Preguntó con tono cariñoso—. No te montes castillos, anda… Es un grupo de yoga.

—Seguro que te han visto con cara de ingenua —contestó él con mofa—. Te he dicho que no tienes que darle cuerda a esa gente, que les importa un cuerno lo que pienses…

—No ha sido en la calle. Me lo ha recomendado mi terapeuta —respondió ofendida. Él nunca le tomaba en serio—. Voy a ir, te guste o no. Dice que esta mujer sabe de lo que habla… Además, es el domingo, tú libras.

—Tú verás —contestó el policía y le devolvió el beso en los labios—, pero no vuelvas a casa con un buda para el salón.

La conversación terminó con beso antes de que el teléfono sonara.

—Ya lo cojo yo —dijo el inspector antes de que despertara al niño—. ¿Sí?

—Soy yo —dijo una voz masculina y machacada por el exceso de humo—. ¿Podemos vernos? Necesito hablar contigo.

Se paralizó. En tres años, no había tenido noticias de él.

Pensó que se habría marchado para siempre.

—Claro.

—Te espero en el irlandés que hay en la plaza de

Luceros —respondió—. Dentro.

Después colgó.

—¿Quién era? —Preguntó Elsa acariciando al niño dormido.

—Se han equivocado —dijo con la expresión congelada. Dejó el aparato en su sitio, caminó hacia el perchero de la entrada y cogió la chaqueta de cuero negra—. Bajo un momento a la calle. Me he dado cuenta de que no queda cerveza.

Eso fue todo lo que se le ocurrió decir.

Nunca aprendería a mentir.

Elsa no le creyó, pero no le importó lo más mínimo.

Los grandes logros comienzan por una acción insignificante. Las tragedias, también.

Ninguno de los dos era consciente de lo que esa tarde podía suceder.

Tan pronto como cruzara esa puerta, el destino de los acontecimientos cambiaría para siempre.

Esta vez, sin arreglo alguno.

ACERCA DEL AUTOR

Pablo Poveda (España, 1989) es escritor, profesor y periodista. Vive junto al mar donde escribe todas las mañanas. Cree en la cultura sin ataduras y en la simplicidad de las cosas. Entre su obra destaca:

Serie El Profesor
El Profesor
El Aprendiz
El Maestro

Serie Gabriel Caballero
Caballero
La Isla del Silencio
La Maldición del Cangrejo
La Noche del Fuego
Los Crímenes del Misteri
Medianoche en Lisboa

Serie Rojo
Rojo
Traición

Serie Don
Odio
Don
Miedo
Furia

Únete a la lista VIP de correo y llévate una de sus novelas en elescritorfantasma.com

Si te ha gustado este libro, te agradecería que dejaras un comentario donde lo compraste.

Printed in Great Britain
by Amazon